U0082757

目錄

二〇一七／戰課綱

序——文學論戰，並不簡單

蘇碩斌（國立臺灣文學館館長）

文學論戰，並不簡單。臺灣歷史中，驚動到兩大票文學人扛筆相搏，都絕非賞析感覺之層次，而總是文字承載的思想、作品引領的實踐，以致挑動了對整個社會人民的訴求，而成為政治風暴的前哨星火。

國立臺灣文學館是一座博物館，負有典藏一手史料的責任，然後得以縱觀臺灣文學的潮起潮落。文學並非抽離時空的飄緲文字，文學論戰的吵架辯詞、作品範例，真的都是時代的感覺結構。雖然文學論戰多半只是在報紙副刊飄過而看似雲淡風輕，但其實一次又一次，臺灣人的腦袋總是先在文學顯露不願墨守窠臼，試著個別叫陣，繼而群起而鬥，然後戰了又戰，才走到今天思想自由奔放的樣子。

臺灣史上的首次文學大論戰，算來也將近一百年。共同居住在這塊島嶼之上的文學人，不斷在思考文字的社會作用，是否根著鄉土？能否貼近生命？要為大眾或菁英？心向中國或本地？有所不服，叫陣來戰，幾個類似的主題彷若封印臺灣的咒語，歷經將近百年，答案卻還在摸索。

這一本《不服來戰：憤青作家百年筆戰實錄》，緣自國立臺灣文學館的特展，我們從史料摘取這些論戰的精髓呈現給思考臺灣內在心靈的人，當然也知道展覽有期限，但思考無止時，因此，出版這一本書，希望延伸特展的生命內涵。書中集結了典藏展品、論戰精彩摘句，再邀請專業學者深入每一個論戰的時空內涵。看著一百年來臺灣人無私的思辯勇氣，我們回望文學的過去、更能堅信臺灣的未來。

序──空想妄想，不如好好吵一場

林佩蓉（國立臺灣文學館研究典藏組組長・特展策展人）

為了一發心中塊壘，一吐心中不快，文人在報章雜誌上，你來我往的口沫橫飛，刀劍亂舞。這些文人都是「運動狂」，一九一〇年代末期臺灣新文學運動發展以來，在鄉土議題上爭論，表面上是語言的用法，用什麼文字呈現，骨子裡總有著「我是誰」、「臺灣何以是現在的臺灣」等質問。臺灣應該是什麼樣的臺灣，黃石輝等人企圖用文學來回答這個大哉問，只是他或許沒料到，這一題讓他成為鄉土文學論戰、白話文論爭的旗手。

在論爭往返的文章裡，他們稱乎對方為「先生」，在陷入漫罵、情緒宣洩之前，努力持守著理性，仔細地論辨對方的質疑。被對手稱為「運動狂」的石輝先生，從一九三〇到一九三三年都圍繞著這樣的核心：「我們所著眼的，是臺灣的大眾，並不是單單替你們有錢人設想的，這點你總要明白才行。」，〈所謂「運動狂」的喊聲──給春榮克夫二先生〉，對著邱春榮、林克夫的批評，石輝兄直接打開他的階級意識，為左翼文學喊出幾聲。「臺灣語言多粗鄙」嗎？「難免失去美感之嫌」嗎？哈哈！我們正亦為著這一點，打算用臺灣話的文學來造成文學的臺灣話的啦。世間人為著自己的老父有時走錯路，便應該想方法去矯正其心理和行為，卻不應該因為自己的老父不好，便去認別人做老父的啊！

想像著黃石輝扶案在桌，澎湃的心催逼他一字一句將熱情、憂慮、渴望、理念都傾倒在稿紙上，振筆疾書，想著他自己曾經說過的「你的那枝如椽的健筆，生花的彩筆，亦應該去寫臺灣的文學了。」這是黃石輝在歷經臺灣新文學運動興起，新舊文學論戰後，所發起的感嘆，在一九三〇到一九三三的時間裡，他迎對邱春榮、朱點人、林克夫、廖漢臣等人的批評，心裡在意的究竟是什麼？撰寫展覽文案時忍不住這樣揣測，發起了一篇〈怎樣不提倡鄉土文學〉，揭開臺灣人在這塊殖民地上的痛處，從此掀起文學史上赫赫有名的「鄉土文學論戰」，影響所及恐非石輝兄當下所料想到的。但不可否認，文學與土地、身份、階級與認同，是如此緊密相連，臺灣文學自開展以來，無論古典或是新文學，都用創作驗證了這樣的關聯。那麼，石輝伯提問的「你是要寫會感動激發廣大群眾的文藝嗎？你是要廣大群眾的心理發生和你同樣的感覺嗎？」，如此振奮人心的語彙，像極了左翼運動者的怒吼，階級！資本！我們的大眾在哪裡？想必任何關心文學的人，都會受到激勵。然後被石輝兄接下來提出的「用臺灣話寫成各種文藝、增讀臺灣音、描寫臺灣的事物」而大受刺激，贊同、不贊成，都非得好好說一說不可。接下來關於語言的表音、表義、結構，文字的發展、變化、建構，以及串流在語言、文字底層的民族情感、主義思潮、身份認同在論爭的雙方開始被論述，臺灣文學得以在這樣的情況底下，發展特有的本質，獨特的風格。

那是一個大多數文人都不想迴避社會責任的時代，一九三〇年代，繼狂飆的文協年代之後，再一個風起雲湧，由臺灣本土所燃起的運動之火，以論爭的方式，開展下一個建設。

臺灣文人一直都知道，若要空想妄想，還不如好好吵一場，這場「不服來戰」特展文案就是在這些運動狂的精神感召下，逐步完成。如今為這本圖錄再說幾句，就搬出石輝兄，寫寫幾句。論爭沒有結論，結束有其侷限與苦衷，走進博物館看文人的吵架，同時也一定可以看見，文人以文學之筆記錄地土上的痛、糾結、掙脫而作的一切努力。

序—激戰的筆，燙手的心

朱宥勳（作家，特展文字統籌）

生活在社群網路極為活躍的當代的我們，對於「筆戰」絕不陌生。你或許也曾一時因為什麼議題而激憤，在網路上與某個不知名的網友大打出手；或就算你天性溫柔，也一定多少旁觀過別人的鍵盤火花。在這樣的時代，來重溫臺灣文學史上的「筆戰」，正是最「著時」（tio̍h-sî）的議題。

因此，當我知道國立臺灣文學館要籌劃「不服來戰─臺灣文學論爭特展」時，心底不禁暗喊了一聲：幹得好啊！也正因為有這樣的激動，所以當臺文館邀請我參與展場的文案潤飾，以及「展覽圖錄」（也就是你手上的這本書）的邀稿編寫時，我也就無法以能力不足推辭，戰兢接下了。

「不服來戰─臺灣文學論爭特展」以「戰語言」、「戰身份」、「戰西化」、「戰鄉土」、「戰課綱」等五大核心議題，將百年以來的重要臺灣文學論爭事件化為各式具體場景展出。受限於展場展示手法及空間的天然限制，展場中勢必僅能對各個論戰提綱挈領，略微陳述，而無法深入介紹各個論戰的脈絡及意義。

因此，這本「不服來戰─憤青作家百年筆戰實錄」的圖錄，便在展場文案的基礎之上，邀請學者、作家針對各個重要論戰進行評介。全書分成兩大主軸，其一為展場文案及展出文物之圖像；其二則為學者、作家所撰寫的專論。原則上各篇專論以四千字至五千字的篇幅，每篇介紹一個或一小群彼此關聯的文學論戰。由於此一圖錄以「面向普通讀者推廣文學觀念」為核心，因此除了學術的正確性之外，也力求文字清晰易讀，盡可能避免過多艱澀的理論鋪陳。

上述文章與「不服來戰—臺灣文學論爭特展」所提及的各個論爭大致重疊。不過因為篇幅較為廣闊，因此也特別加強補充了幾個論戰，補足更完整的文學史視野。如蔡林縉所撰之〈雙陳故事：陳映真與陳芳明的跨世紀論戰〉和鄭清鴻所撰之〈那些年，幾場「被消音」的文學爭論：「臺語文學論戰」的前世今生〉，在展場上都沒能有太多表現，但幸有臺文館規劃出版之本書，而能有更廣闊的篇幅來探討。

此外，展覽文案設計了「由新舊文學論戰開始、國文課本的文白之爭結束」的結構，顯示過去一百年來文學議題的「進展」與「未竟」，指向未來的文學議題。為了呈現這樣的「指向未來」之結構，我們特別邀請了參與「文白之爭」的代表性作家廖玉蕙，以親臨論戰現場之作家的身份，撰寫了〈高中課本裡文白比率拍版定案後的思考〉。以全書結構而言，此前十篇專論均為後設性的文學史陳述，第十一篇的〈高中課本裡文白比率拍版定案後的思考〉則轉以「事件發生中／參與者發聲中」的視角來鋪陳。

「不服來戰—臺灣文學論爭特展」以「論戰」來呈現臺灣文學史，本身即饒富意義。本書的出版，不但是為了留下展覽紀錄，也具有盤整百年以來文學發展，進而以此展望未來的意義。此刻出版「不服來戰─臺灣文學論爭特展」圖錄至少有三個意義：

一、「文學論戰」呈現了過去作家們思辨的軌跡，而就在這些軌跡的延長線上，我們可以看見「今日之臺灣文學何以是臺灣文學」，甚至「今日之臺灣何以是今日的臺灣」。我們此刻的榮景與困境，都可在歷史中找到線索，也或許能因此指向未來。

二、過去一百年的「文學論戰」，在「事件」的層次上雖然已經「過去」，但作家們所爭辯的問題，都仍能成為未來文學發展的參考座標；他們的暫時性結論，很可能正是下一代文學發展的問題化起點，「過去」卻並不「過時」。

三、面對新媒體時代更加活躍／更加激烈的輿論環境，「文學論戰」的過往，可以提醒我們「筆戰」改變思想、乃至推進歷史的可能性，也可讓我們從「筆戰」及其後果的思辨中，反省它的侷限性。

臺灣社會有東亞文化的遺風，常有「以和為貴」的風氣。然而，即便在這樣的氛圍下，作家們仍然有不得不揮筆迎戰的時刻，而連綴成了百年的文學論戰史。他們激動的筆端，其實蘊含的是跳動的心：正是因為對文學有所信仰，所以有所堅持；正是因為對文學的熱愛熾烈，所以難免互相燒灼。

或許借用郭松棻的小說〈向陽〉中的名句，更可以狀摹這種熱切：「他們吵架時，不時出現某種刀鋒般的智慧，精華異常，然而卻只能用來傷害彼此。」這話原文說的是伴侶之間的相愛相殺，但我在編潤「不服來戰」相關文字，重溫前人的激戰、重讀本書作家、學者們深刻評介論戰的文字時，腦中不斷縈繞的，卻是郭松棻的斷語：「他們就固守自己的陣營，絲毫不相讓。他們還太年輕。他們要活得像一場暴政。他們都有一顆滾燙的心。他們對自己，就像對對方，都亮出了法西斯蒂。現在你在臺北很難找到這樣燙手的心了。」

最後，感謝所有參與之作家、學者戮力協助。臺灣文學的論戰仍有許多議題和細節值得探索，限於篇幅，難免掛一漏萬。希望此次階段性的成果能夠拋磚引玉，繼續深化大眾讀者對臺灣文學的理解與支持。

話不吐不快、理不辨不明。臺灣文學的發展史，幾乎等於一部「筆戰史」。文學也不例外。文人以筆代刀，以文字為戰陣，彼此對壘。一場激戰過後，有時就這麼建立系統性的論述、學說；有時卻製造傷痕，形成水火不容的作家集團，甚至牽動政治禁忌。

文學論戰，戰什麼？

文學有什麼好吵的？不就是各自創作就好了嗎？當然，創作是作家最重要的活動。然而，「文壇」是一個作家匯聚的共同體，當作家們聚在一起，評定彼此作品高下時，就會需要一套「文學論述」。因此，一代代的作家會不斷發起文學論戰，試圖改變「文學論述」的內涵，將自己的文學理念置入其中。

所以，有時文壇「美學至上」，只要作品寫得美就好；有時文壇卻又「現實優先」，認為反映現實比美感重要。有時文壇強調創新，有時卻又疾呼「繼承傳統」。新世代的作家，可能會帶來新的觀念，也可能重新出土舊的觀念，從而改變文學論述。類似的議題，可能會一再出現於不同時期的論戰，但內涵卻悄悄改變——比如一九三〇年代的「鄉土文學論戰」，「鄉土文學」指的是「用臺灣人的語言寫作」，是語言問題；一九七〇年代的「鄉土文學論戰」，「鄉土文學」卻變成「描寫臺灣社會現實」，是題材問題。

因此，每一次論戰都是「文學論述」改變的契機，都將開啟一個新的時代。這是作家們的「文學政見發表」，是下一輪文學創作的方針：語言、題材、思想、美感標準、寫作倫理。注意這些面向，你就能掌握作家之間的分歧和共識。

輸贏不在嘴上，而在筆端

文學論戰有「輸贏」嗎？如果只從論戰文章去看，似乎沒有，因為很少有人會在文章裡面直接認輸投降。但文學論戰是有輸贏的，它的輸贏，取決於「下個世代的創作者採用誰的文學論述」。

比如一九五〇年代的「現代詩論戰」，紀弦的「現代派」看似飽受攻擊，但他的觀念卻普遍被一九六〇年代的詩人們所採用，連他的論敵都轉而為他辯護，這就可以算是獲勝了。或如一九七〇年代的「鄉土文學論戰」，雖然鄉土文學陣營被官方凌厲批判，但「鄉土文學」卻在一九七〇到一九八〇年代大放異彩，甚至被改拍為電影，實際上輸掉的是官方那一派作家。

因此，輸贏正在作家的筆端上，創作仍是最終試煉。論戰文章是否優雅，是否符合嚴格的學術標準，是否「政治正確」，都不是判決勝負的主要因素。哪一種「文學論述」可以產生更多、更精彩的作品，就代表它更切合時代需求，更有文學上的生產力。「論戰」之後，終究是由「文學」來裁判的。

以筆為刃，不服來戰！

有信念，所以堅持；有品味，所以褒貶。當作家們各有信念、各有品味，自然彼此「不服」，就形成「來戰」的傳統。

近百年來，臺灣文學史上發生不下十次的大小筆戰。作家本就善於言詞，用文字武裝衝撞時，當然也是火花四濺。但「不服來戰」不僅有快意恩仇的痛快，也有對文學信仰的一片真情。執著是鋒利的。會痛，正是在乎文學的證明。

而這一切，或許可以從一九二四年那一天說起——

一九二四——九三四

戰語言

臺灣新文學運動的全面啟動！

新舊文學論戰：時代的音色要變了

張我軍：我們一起拆毀「這座敗草叢中的破舊殿堂」，建立新文學吧！

連雅堂：你們只是「拾西方之餘唾」啊！

臺灣話文論戰：為自己的聲音而戰

黃石輝：來！頂天立地談鄉土。

廖漢臣：鄉土？是田園風光，很快就銷聲匿跡了。

郭秋生：所有文盲兄弟姊妹，隨工餘的閒暇儘可慰安，也儘可識字，也儘可做家庭教師。
林克夫：用中國白話文寫臺灣人與中國人都看得懂的文學。

臺灣新文學運動的全面啟動！

臺灣人想要新的文學，問題是：新的文學該用什麼語言來寫？又是為誰而寫？用什麼字來寫，寫給大家看；用什麼話來說，說給大家聽。我手寫我口，是否太狹隘？臺灣，究竟是誰的臺灣？

日治時代是臺灣古典文學的黃金時代，卻也是新世代知識份子無法忍受古典文學陳腐弊病的時代。受過現代教育的新知識份子，與繼承清代和文學傳統的古典文人展開了「新舊文學的論戰」，是為臺灣新文學運動的萌芽期。

到了一九二〇年代末期，由於臺灣總督府的高壓治理，許多社會運動被迫停止。許多知識份子將重心轉到文學工作上，臺灣話文及鄉土文學運動因此開展，帶來一波臺灣文學運動的高峰。

張我軍留學中國與文友們的合影

張我軍(右1)，一九二四年赴北京求學受當時五四運動新文學和新文化運動等影響，結交藝文界友人等（右2為洪炎秋），也開始對臺推動白話文，開啟了臺灣新舊文學論爭。也在此時認識自己的太太羅文淑（左1，後改名為心鄉），以自由戀愛方式登記結婚。

臺灣「新舊文學論爭」的語文改革與思想啟蒙

楊傑銘

關於日治時期的臺灣文學，從一九二〇年開始，即展開為期二十多年「究竟我們需要怎樣的文學」的密切討論。而在這之中，一般所說的「新舊文學論爭」指的是一九二四年到一九二六年（大正十三年到十五年）之間，新舊文學陣營的作者、評論者，針對文學書寫形式，究竟是要採取中國白話文還是傳統古典詩文，而有的頻繁「對話」。在論爭的前後，皆有其前後時代脈絡與因果關係，影響著「臺灣文學的內容與形式究竟為何」的論辯。

一八九五年日本占據臺灣後，臺灣進入了近二十年的武裝反抗動盪期，這之中又以一九一五年的噍吧哖事件最為慘烈，是臺灣民眾抗日代表戰役。其後，新一代受過現代文明洗禮的知識分子，讓臺灣的抗爭方式轉以政治運動為主的模式。在執行策略上，一面以議會請願形式對抗殖民體制之不公，一面以文化啟蒙為目的與社會大眾對話，爭取更多臺灣人民的支持與抗爭的能量。

與此同時，世界局勢的快速變化，也影響著臺灣文化政治。一九一七年俄國人民推翻了羅曼諾夫王朝，人民當家作主；一九一八年第一次世界大戰結束，美國總統威爾遜民族自決的主張在歐洲及其地方開始被討論；一九一九年朝鮮三一運動反抗日本殖民壓迫、追求民族自主；同年，中國五四新文化運動，我手寫我口的啟蒙思想，希望透過白話文的普及，讓西學與現代化的思潮深入民眾。這些風起雲湧的世界潮流與趨勢，深深影響著臺灣知識分子，讓臺灣新文化運動，在語文改革與思想啟蒙兩個層面接軌國際，但一些作法與說法，引來傳統文人的不滿，因而在一九二〇年代有了「新舊文學論爭」。

臺灣新文學的最初陣地，是由一群留日青年組成的同好，在一九二〇年的日本創辦《臺灣青年》雜誌，「卷頭辭」清楚地談及臺灣的改革重心將於國族、性別、階級三大議題，並將文學視為改造臺灣重要的工具。

《臺灣青年》創刊號，陳炘以〈文學與職務〉一篇，說明了文學對啟蒙人心與改造民族性之重要。「文學者，乃文化之先驅也。文學之道廢，民族無不與之俱衰；文學之道興，民族無不俱盛。故文學者，不可不以啟發文化、振興民族為其職務。」陳炘作為新一代知識份子的代表，他認為，文學的興衰等同民族的興衰，文學在社會現實中肩負著啟蒙與改革之任務。文學之用是用來改善社會、建構理想世界，並於創作中表現個人個體的解放，展現以人為主體的價值觀。

陳炘的觀點，已透露出新一代知識份子對於文學、文化看法：文學不能僅是濃麗之外觀，還須具備傳播文明、教化世人之功用，是改革社會的重要工具。而對於傳統文學中「有濃麗之外觀，而無靈魂腦筋」的創作，認為這是「死的文學」。而真正提出使用中國白話文的，為一九二一年十二月《臺灣青年》中，陳端明於〈日用文鼓吹論〉一文，認為白話文有助於臺灣學習世界最新思潮之知識，擺脫傳統文化之窠臼，以及日本殖民體制的收編。這些論點一直為新文學陣營所承襲，也成為新舊文學論爭時，新文學陣營的立論基礎。

而處於如此的新舊變動階段，已有文化人詹炎錄看到新舊文學水火不容的情況，遲早會有衝突發生。「當今臺灣為新舊學過渡時代。以舊學而攻擊新學。新學刺謬舊學。往往若水火不相容者。是由二者各執著門戶。不知我外有物。」詹炎錄認為新舊文學的衝突是種門戶之見，反映了在立論基礎上的不同。

張我軍於一九二四年四月於《臺灣民報》發表〈致臺灣青年的一封信〉，對於臺灣傳統詩文的價值提出質疑，可以算是新舊文學論爭的第一聲砲火。同年十一月以筆名「一郎」發表〈糟糕的臺灣文學界〉，文章內容針對傳統文學的陋習提出批評，攻擊力道之猛烈，也引來傳統文人的不滿與回擊。他在文中提到，傳統文人在全臺各地創立的詩會、詩社，打著文學交流的名義，創作遊戲之作的作品。文章中他說道：「做詩的儘管做，一般人之於文學儘管有興味，而不但沒有產出差強人意的作品，甚至造出一種臭不可聞的惡空氣出來，把一班文士的臉丟盡無疑，甚至埋沒了許多有為的天才，陷害了不少活潑的青年。」他文章對傳統文學強烈針對性的攻擊，其後接連的數篇文章包括了〈為臺灣文學界一哭〉、〈請合力拆下這一座拜草叢中的破舊殿堂〉等。另外，也有蘇維霖、張梗、楊雲萍、陳虛谷等新文學支持者的評論文章，將新舊文學的衝突檯面化。

在反擊新文學的批評中，以連橫（連雅堂）最為主要撰文者，他早在這場論爭前不久，就以〈臺灣詠史・跋〉一文，對新文學陣營認為傳統文學可以廢除一事提出看法。「今之學子。口未讀六藝之書。目未接百家之論。耳未聆離騷樂府之音。而囂囂然曰。漢文可廢。漢文可廢。甚而提倡新文學。鼓吹新體詩。稽康故籍。自命時髦。吾不知其所謂新者何在。」觀看通篇文章，連橫希望所謂的改革是必須建立在既有的基礎之上，並將語文文體的使用，同樣也建立在民族之想像中。連雅堂其後在《臺灣詩薈》上的〈餘墨〉專欄陸續撰文反擊張我軍，持續相互來往辯論。此外，陳福全對於新文學強調的言文合一，有助於一般民眾了解、閱讀也提出質疑，他說道：「曹雪芹大傑作紅樓夢也。其全篇用中華國語久已風行海內。膾炙人口。如臺灣之謂白話者。則於文句中。插入拉尼馬兒阿約愛甚麼罷了矣的很等。觀之不能成文。讀之不能成聲。其故云何。蓋以鄉土音而雜以官話。」陳福全認為白話文只是將鄉土音的語助詞、贅字加入於官話中而已，反倒不如文言文的簡單。對於新文學陣營的質疑，包括林熊祥、赤崁生、讀報生、鄭坤五等人也都擁護傳統文學，反擊新文學。

綜觀兩造的論爭，新文學對傳統文學的批評，主要在傳統文學並無進步價值與思想，並且依附殖民政府，創作無病呻吟的死文學；而傳統文學對新文學的攻擊，則聚焦於罔顧傳統而全然擁抱西方思潮，通俗淺白的創作毫無文學性。進一步來說，從新舊文學論爭可以看到兩個陣營對「群眾」想像之不同，對新文學的知識份子來說，透過中國白話文學的語文文字使用之普及，有助於「群眾」更容易的學習西方現代化文明思潮。但對傳統文學知識份子來說，新文學指涉的「群眾」是低俗的、沒有文學、文化素養的。換言之，傳統文學所說的「群眾」是仕紳階級，而不是一般的民眾。也因為想像的群眾基礎是不同的，也會以不同的形式來創作文學，賦予文學不同的任務與意義。

當然，在論戰過程中，新舊文學陣營也非截然二分的兩大區塊，裡頭也有新世代知識份子檢討新文學創作的毛病，或是傳統文人對於傳統文學的風花雪月提出批評。比方說，新文人劉夢華認為新文學的作品水準尚未成熟，歐化的新詩只是落入學習、複製洋人的圈套。連雅堂也曾撰文對於傳統詩社擊缽吟的遊戲之作提出警語，認為漢詩文應表現民族之魂。另外，也有知識份子提出新舊文學應相互尊重、並行的想法，像是王學潛就說：「古文亦好。白話文亦好。毋相攻擊。總以不離聖道為依歸。」可以看到整場論爭並非單純的雙方對立與叫陣，針對臺灣文學形式與內容的論辯有著討論與對話。而文壇刊物如《臺灣日日新報》、《三六九小報》也有新舊並陳的現象逐漸出現，雙方不再壁壘分明。

在新舊文學論爭之後，關於此議題的討論不時的出現在日治時期的臺灣文壇。到了一九三〇年之後，更開始夾雜了「臺灣話文」的討論，成為更複雜三角關係。但析論其中的論爭內容，除了語文的使用形式外，許多的論爭內容也包含著道德價值、民族論述等不同層面。一九三七年進入了戰爭期後，日本殖民政府廢止了漢文欄、中文報紙，也讓這樣的論爭討論暫時停止，要到了戰爭時期的一九四一年到一九四二年之間（昭和十六年到十七年），在《風月報》上又有另一波的緊扣著戰爭國策的新舊文學爭論。

總結來看，臺灣的新文學對傳統文學陣營的批評，某程度承襲著中國五四文化運動的精神而來，但不同的是臺灣在日本殖民統治下，因為殖民政府的政治政策與知識份子的反殖民的運動，讓臺灣的新文學面對著更複雜的語言使用與殖民現代性的問題，這也造就了日治時期的臺灣文學發展獨特而紛雜的風貌。

新舊文學論戰：要古典文學，還是要白話文學？（1924-1926）

古典文學是否導致文壇「佈滿破敗草叢」？是「敗草中的破舊殿堂」嗎？受到中國五四運動影響的張我軍，熱烈地提問，直指古典文人：文學要這樣繼續了無生氣嗎？

◆來戰

張我軍：我們一起拆毀「這座敗草叢中的破舊殿堂」，建立新文學吧！

「新舊文學論戰」，由一群青年知識份子啟動。他們反省臺灣當前文壇處境，認為文學應該革命，文化生命應該更新。

「新文學」陣營主將張我軍。一九二一年前往中國，後進入北平師範大學國文系。他接收中國「五四運動」的文學改革思潮，對臺灣古典文學提出批判，認為應該推行白話文學。

一九二四年開始，他如同戰神般連續發表多篇文章挑戰古典文學。他認為這些「舊文學」埋沒有為的天才，陷害活潑的青年。他的主張獲得賴和、蔡孝乾的支持。

推行白話文學，不僅在討論「用什麼語言寫」，同時也蘊含「為群眾而寫」的信念。

因此，與其說他們反對古典文學，不如說是反對古典文學背後的貴族屬性，以及反對日本殖民政府「用古典文學拉攏舊仕紳」的政治盤算。

◆不服

連雅堂：你們只是「拾西方之餘唾」啊！

「舊文學」陣營的主將，則以連雅堂為主。連雅堂號稱「日治時期臺灣三大詩人」之一，為古典漢詩費盡心力。在論戰爆發的一九二四年，他開始出版《臺灣詩薈》，直到一九二五年十月止，共發行22期，是古典文學的重要陣地。

連雅堂透過出版、創作、結社，苦心維繫古典漢文學。他強調文學的審美功能，不認為文學必須涉入現實、為群眾而寫。他認為張我軍所提倡的新文學只是「拾西方文化之餘唾」，是「陷穽之蛙，不足以語汪洋之海」。

同屬「舊文學」陣營者，另有鄭坤五、黃文虎等人。

值得注意的是，這場論戰雖然造成臺灣新文學的崛起，卻並沒有造成臺灣古典文學的衰亡。日治時期的古典詩社林立，也在通俗小說領域產生強大的影響，榮景空前絕後。「新舊文學論戰」的結果不是「以新代舊」，而是成為「新舊並行」的兩大主軸。

誰的語言？誰的文學？「臺灣話文論戰」的來龍去脈

楊傑銘

臺灣話文論戰的歷史背景

臺灣新文學早期的發展，不斷在思考「語言」與「受眾」之間的關係。最早的「新舊文學論爭」探討言文是否一致，背後思考的是臺灣新文學的知識系統，以及書寫對象之設定，目的都是在處理文學如何落實改革社會的功用。只是，當時的討論仍沿襲中國的五四新文化運動，以文學作為改革社會的工具，將文學視為政治的附庸。究竟「文學為誰而寫」、「文學如何書寫」等問題，到了一九三〇年代的「臺灣話文論戰」有了變化，更加凸顯臺灣新文學的獨立性。

一九二一年，臺灣人組成「臺灣文化協會」，以文化運動的名義進行政治改革運動，在當時獲得不錯的成效。其後，臺灣文化協會分裂成許多不同路線的組織，包括臺灣民眾黨、臺灣地方自治聯盟、臺灣農民組合、臺灣共產黨等，以不同論述與做法抵抗日本殖民體制的不公平對待。一九三一年，日本侵略中國，發動九一八事變。同時，日本政府在日本本島與殖民地解散所有政治團體，大力肅清異議份子。這讓臺灣原有的政治運動者轉向辦雜誌、創作等文化活動，弔詭地使日治時期的臺灣文學進入了黃金時代。

這群轉向的異議分子多半是左派，除了關心殖民體制的問題，也關心勞工、農民等社會弱勢者的處境。所以一九三〇年代陸續有許多左翼雜誌冒出，像是《伍人報》、《洪水報》、《明日報》、《現代生活》等，「臺灣話文論戰」便是在這樣的環境中展開的。

如何書寫？為誰而寫？

黃得時在〈臺灣新文學運動概觀〉中將這場論爭稱為「臺灣語文論爭」，廖毓文則於〈臺灣文學改革運動史略〉稱之為「鄉土文學論戰」。整個來說，這場論戰自一九三〇年八月黃石輝發表〈怎樣不提倡鄉土文學〉開始算起，到一九三四年四月為止，為期將近四年。主要有兩個核心議題：其一是，臺灣新文學應以何種文字創作？是臺灣話文、中國白話文，還是日文？其二是，臺灣新文學的書寫應該為誰而寫，在民族與階級問題中關心的順序為何？

黃石輝在〈怎樣不提倡鄉土文學〉的一段文字，引爆了這場論戰：

你是臺灣人，你頭戴臺灣天，腳踏臺灣地，眼睛所看見的是臺灣的狀況，耳孔所聽見的是臺灣的消息，時間所歷的亦是臺灣的經驗，嘴裡所說的亦是臺灣的語言；所以你的那支如椽的健筆，生花的彩筆，亦應該去寫臺灣的文學了。

不同於「新舊文學論戰」訴求臺灣文化、政治與國際接軌，此時的文學創作反倒尋求臺灣本土的書寫題材與語言，以達與社會現實連結之共鳴。

這樣的轉變，與臺灣左翼思潮發展有著極大的關係。早在一九二七年，臺灣文化協會內部就已討論臺語文字化書寫的相關問題，所以黃石輝的論點並不新穎，卻意外地在一九三〇年引發臺灣文壇的爭論。黃石輝在之後又發表了〈再談鄉土文學〉，更具體地說明臺灣話文字化的方法。黃石輝的強調「文藝大眾化」，若要消弭臺灣的文盲就不能使用中國白話文，而要用臺灣話文。因為中國白話文是中國的大眾語言，但對臺灣來說卻不是：「在中國可以讓它說是大眾的，在臺灣便不能說的。它在臺灣完全要有新文藝趣味的人，才能去接近它；廣大的沒有高深的學問的勞苦群眾，事實上都和它絕緣的。」面對臺灣的一般大眾，中國白話文不是慣用語，因而有「言文不一致」的狀況，所以要真正的讓臺灣人都能夠識字、學習新知，就該發展屬於臺灣的鄉土文學及文字。

文章引發後續許多討論，在《臺灣新聞》、《昭和新報》、《臺灣新民報》、《南音》等報章雜誌，都可以看到其他知識份子的回應。總的來說，這場論爭可分成兩派。首先是「鄉土文學」的擁護者，包括黃石輝、郭秋生、何春喜、黃純青、鄭坤五、莊垂勝、賴和、李獻璋等人。其主張為支持臺灣話文，讓臺灣能「言文一致」，並以此展現臺灣鄉土文學的內容與題材，真正落實為人民而書寫的主張。

鄉土文學的反對者，則主要是中國新文學創作者陣營，包括廖毓文、朱點人、林克夫、賴明弘、林越峰、趙櫪馬等人。其主張認為臺灣話文的書寫文字還不夠成熟，為了與世界接軌，仍以中國白話文為合適的書寫文字。儘管兩造陣營並非如此壁壘分明，每個人在立場上還是有所不同，但仍可見到此次的論戰，開展出如何書寫、為誰而寫的對話。

當然，許多知識份子的立場十分複雜，不是可以用正反兩派簡單概括的。比如鄭坤五在「新舊文學論戰」時期是傳統文學的支持者，但到了「臺灣話文論戰」時，雖然不積極，但在立場上是支持鄉土文學的。他也知道鄉土文學在世界潮流的趨勢不容易被接受，不過中國傳統文學中，許多鄉土性、地方性的文學，如今也成為中國文學的經典。他這樣說：「雖然我所贊成的鄉土文學，它的範圍似極狹小，中古時孔子的詩經與屈原所作的離騷，這樣代表的作品，本原也是一種鄉土文學，未嘗有人敢排斥，倘咱臺灣有人肯鼓吹，奮練得法，那裡將來無有國學的可能性呢？」鄭坤五正面看待臺灣話文的言文一致，認為它也許可以建構起屬於臺灣新文學的經典。

不過，反對陣營則未這樣樂觀。像是廖毓文就認為提倡鄉土文學不可行，不但耗時也得不到成效，不如把時間留下來，好好的讓臺灣人學習中國白話文。他說：「我們若要把寶貴的精神時間消耗於這種不知能否成功的建設工作，還不如繼續我們從來的活動，普及中國白話文，或添削中國白話文適於臺灣人的應用。」廖毓文並非全然的反對臺灣話文的推行，只是認為在語言穩定度以及推行實施的難易度上，不如選擇中國白話文。

整體來看，黃石輝所提倡的「鄉土文學」，其「鄉土」的主體性是建構於邊緣的文學寫作：在民族上為「中國─臺灣」的邊緣關係，在政治實體上為「日本─臺灣」的從屬關係。鄉土在他的論述中是種策略，是拒絕被中心收編的他者論述：「政治上的關係不能用中國的普通話來支配；在民族上的關係不能用日本的普通話來支配。」黃石輝的說法，隱然的將臺灣視為特殊的存在，不論是對原鄉中國還是殖民日本來說，皆是如此。

而臺灣內部的文學、藝術創作，特別是當時的「歌仔戲」，在中國閩南地區相當流行。郭秋生對這樣的現象也感到振奮，認為臺灣鄉土文學的發展，是有市場也有價值、意義的：「還有一件最值得稱心快意的，就是民間文學的逆輸出啦！歌仔戲在廈門大受歡迎的事實誰也知道……。」從郭秋生的說法裡，可以看到臺灣正透過文學、文化創作，建構起屬於自己的主體性。

而中國白話文陣營之所以反對以臺灣話文創作，最核心的關鍵是焦慮漢民族文化傳統的斷裂，中國白話文與中國之間的連結，是其建立民族情感的方式。也因而在鄉土的討論中，會以「世界性的普羅大眾」之說法來詮釋，並藉以提出臺灣話文的地區性與侷限性。賴明弘就這樣說：「鄉土文學的通用範圍只在於臺灣，除了漳州廈門以外就沒有通用的價值，那麼鄉土文學的意義就只為著臺灣的貧民大眾。然而現在世界的普羅階級是在要求大同團結。……在這過程中，只在小小的臺灣才能通用的鄉土文學，不但沒有提倡的必要，倒會使在走向大同的路上去的臺灣普羅階級生出麻煩、隔離的不便。」在他的說法中，中國白話文的世界性與開闊性是高於臺灣話文的，所以沒有必要發展侷限的「鄉土文學」。

究其實，臺灣話文與中國白話文的使用都有其侷限，雙方對此也都理解，只是未能取得共識。某種程度來說，這場論爭也讓臺灣文壇不同立場的作家、知識份子有所對話，也開展出未來合作的可能。像是郭秋生與廖毓文結識為好友，在一九三三年共組「臺灣文藝協會」，發行《先發部隊》、《第一線》。一九三六年李獻璋編《臺灣民間文學集》，可說是實踐鄉土文學的重要著作。但隨著臺灣日語教育世代的逐漸成熟，以及一九三七年日本全面對中國的侵略戰爭，臺灣的禁用漢語政策讓語言使用問題的討論戛然而止。日語寫作的新世代臺灣作家接棒，繼續在臺灣文壇、甚至是日本文壇為臺灣發聲。

那些年，幾場「被消音」的文學爭論：「臺語文學論戰」[1]的前世今生

鄭清鴻

提到「文學論戰」這四個字，很多人應該都認為這只是「文學圈」的事，除非是關心文學的「文青」或「覺青」，或者是身為創作者、研究者才有必要關注，否則作家們隔空筆戰你來我往，如何吵到天翻地覆氣身惱命（khì-sin-lóo-miā），著實不會是一般社會大眾會有興趣的「專業」。

但在臺灣，卻有一種文學論戰能罕見地引起許多人的注意和參與，那就是「臺語」和「臺語文學」。不管是「臺語」的定義、指涉，「語言」與「方言」之辯，還是「臺語究竟有沒有文字」、「是否具備文學的品質和美感」等等問題，這樣一種和人們日常切身相關、可感的語言及文化，不但在文學場域有過數次討論，也很容易引起社會大眾的實感。

然而，一個如此有現實感與重量感的文學議題，在臺灣文學史上，卻反而很少看到文學史相關論著，針對語言和文學創作的關係，以及歷來語文運動和文學論戰史進行記錄或說明。到底臺語文學為什麼要被「商榷」？有什麼樣的歷史淵源？或許，我們得先找回被文學史消音或忽略的那幾場「臺語文學論戰」才能一見端倪。

時間來到一九八六年六月，前臺北市文化局長、臺大外文系教授廖咸浩發表一篇〈「臺語文學」的商榷：其理論的盲點與囿限〉[2]，是整場臺語文學論戰的第一回合。廖咸浩認為，臺語文學的歷史可以回溯至日本時代，是建立在「言文一致」的大前提上，臺灣人應該選擇使用哪一種「白話文」（中國普通話 v.s. 閩客方言）來書寫的問題，「以閩南話創作的嘗試一方面固然是對於普通話文化霸權過度伸張的反彈，另一方面則更是肯定地方文化中樞地位，突顯中華文化博大精深的努力」。以此為立論基礎，廖咸浩指出臺語文學理論有兩大謬誤，一是繼承（或深化）了白話文學運動「言文合一」的盲點，「聲音中心論」不可行；二是接收了因臺灣意識激化成「準民族主義」而衍生的「正統心態」或「霸權心態」，因此未來並不樂觀。

雖然論戰第一回合的時間不長、規模不大，但卻尖銳而明白地透過「臺語」這件事，突顯出「臺灣文學」有所謂「對外」與「對內」的問題。對外，是經過之前的「鄉土文學論戰」、「臺灣意識論戰」之後，「中國結」與「臺灣結」的認同問題在文學領域的戰場延伸；對內，是「臺灣文學」經過定義與正名後，「本土派」對於「臺灣意識」的理解與內部矛盾逐漸浮現——有「臺灣意識」就夠了嗎？倘若同樣以中文寫作，「臺灣文學」該如何表現獨特性，擺脫附庸於「中國文學」的邊疆地位？而臺灣文學又該如何面對、詮釋這個群體中，那少部分「反臺灣」的主張者？

也因此，論戰第二回合，由林央敏於一九九一年九月發表的〈回歸臺灣文學的面腔〉展開。本文提出「只有臺語文學才是臺灣文學」的說法，希望透過「語言」的條件，讓「臺灣文學」更能有自己的「面腔」。這個條件並非憑空降生，而是由鄉土文學大量使用臺語語詞的經驗延伸而來的——如果那些鄉土文學作品混用臺語的文體可以被視為一種本土性的展現，那以「全臺語」創作的臺語文學，理當更能表現臺灣人的思想與感情，更能代表臺灣文學不是嗎？而為了避免「福佬沙文主義」的指控，提倡者再將「臺語」分為廣狹兩義，廣義者泛指臺語、客家話與各原住民族語等，將華語排除在外的「本土語言」；狹義者則是專指「臺灣閩南語」。

儘管定義上處處小心，但此文一出，依舊招致同為本土陣營的作家如李喬、彭瑞金、鍾肇政的反對意見，論戰第二回合也就此展開。然而就如彭瑞金所形容的「語言炸彈」，這次的討論已不全然於文學，反而聚焦於定義何謂「臺語」，進而討論「只有臺語文學才是臺灣文學」這個主張的合理性與正當性。反對者多半將「臺語」解釋為「臺灣（人）的語言」，認為將「臺語」視為狹義的「臺灣閩南語」，再主張臺語文學最有資格、最能代表臺灣文學的「多數代表論」，實是對其他族群、其他語言（包含戰前日語世代、戰後跨語世代）的排除。然而，對於應該如何命名狹義的「臺語」，以及描述臺語文學所繼承、突顯的臺灣文學狀況，第二回合的爭論仍然莫衷一是。

最後，是一九九六年六月十日，由陳若曦於《中國時報》「人間副刊」發表一篇〈臺語寫作要不得〉，引起林央敏、洪惟仁的正面回擊。陳若曦認為，臺語文學創作幾乎是一個作家的文學生命是否「自殺」的抉擇[3]，她提出了許多工具性的質疑與反論，包括一九三〇年代留下的臺語文本不多，無法支持臺語文學的根據；使用過多臺語會讓讀者感到拗口；臺語雖受歧視，但「糾正歷史不必負負得正」（將臺語教育等同於國語政策）；漢語（中文）使用人口多，臺語寫作可免；仿照從英國獨立出去的國家仍舊使用英語，臺灣即使脫離中國，使用華語書寫並無不可。

經歷這兩波爭論後，我們可以知道，不管是文學和語言的關係，或者是有關「臺語」的定義，伴隨臺灣民主運動的狂飆發展，最終都牽涉「臺灣意識」與「民族認同」的根本問題。然而，這個問題實際牽涉的範圍非常廣泛，也和臺灣的歷史政治狀況息息相關。因此，討論到最後仍舊是懸而未決，再度消沉。

直到二〇一一年，發生「蔣黃事件」，終於再次將臺語文學的議題推向歷史高峰。

全民戰起來！史上第一場門檻超低的文學熱戰

二〇一一年，時逢「建國百年」這個極富政治與文化意涵的時間點，「百年小說研討會」系列活動由文建會（即文化部前身）指導，趨勢教育基金會統籌，文訊雜誌社承辦，分臺北、臺南兩地舉行，以華文小說的發展史觀為主軸進行各項討論。

臺南場由作家黃春明打頭陣，以「臺語文書寫與教育的商榷」為題進行演講。不料演講內容引起在場聽講的成功大學臺灣文學系蔣為文副教授不滿，在台下高舉寫著「台湾作家不用臺灣語文，卻用中国語創作，可恥！」以及臺語白話字「Tâi-oân chok-ka à i i ō ng Tâi-oân-g í chh ò ng-chok」字樣的海報進行抗議。

可惜的是，隨著多數媒體聚焦於知名國寶作家遭抗議，以及現場火爆對嗆引發公然侮辱訴訟的案外案，整起事件焦點被轉移到「抗議不禮貌」的表面層次。即使蔣為文副教授親上某知名政論節目，試圖廓清爭論，但仍遭意見對反的節目來賓與民眾 call in 電話淹沒——那應該是臺灣有史以來首次，「臺灣文學」居然成為螢光幕掛收視率保證的關鍵字，而且是全民文學文化素養最高、參戰門檻最低的一瞬間。

過往所謂的「文學論戰」，基本上可以說是一種「冷戰」，幾乎只存在於報紙副刊或雜誌上，以文字隔空對話。雖然在公領域進行，但通常是專家之間的討論，對社會現況的直接影響較為有限，也不太能看到讀者的參與。這某種程度也和解嚴前的社會、媒體條件有關。但二〇一一年的「蔣黃事件」顯然變成一場橫跨媒體、跨領域的「熱戰」。除了文學圈以外，連帶涉及文化、教育、政治場域，幾乎攪動了整個臺灣社會。在臺灣文學史上，還沒有其他的文學論爭可以引發一般民眾如此程度的切身關注。

這是一次單純的、不小心的「偶然」？還是在二〇一一年這個特別具有象徵意義的年份，「臺語」複雜的歷史問題「必然」會以各種可能的形式被觸發？或轉而觸發其他問題？回顧歷史，或許我們會發現這其實是一次老調重彈。

被消失的論戰，與糾纏臺灣一百年的國語幽靈

臺語書寫的爭論到此告一段落，你是否感受到一種很強的「既視感」？沒錯，經過了將近一百年，從戰後的主要兩波臺語文學論戰到二〇一一年的「蔣黃事件」，正反方所爭論的，幾乎和一九三〇年代的臺灣話文論戰沒有太大差別。

戰前的臺灣作家為了表現臺灣的特殊性，為了實現白話文學「言文一致」的精神，他們透過創作、造字、採集民間故事和歌謠，拚命為臺灣人的「臺灣話文」尋找文字的軀殼，最後只能在不允許的時代終結前，留下了一份未竟的志業。

最多人使用，但卻一直無法「標準化」，取得對應名字的「這個語言」，就這樣在歷史上承載著一個曖昧模糊的「想像的共同體」活下去。她活在我們日常的每個角落，然後在戰後的民主和民族運動中，以熟悉的語音召喚著臺灣身為殖民地的戰鬥經驗。在文學中，她能附著在零星的單字片語裡，成為我們熟悉的鄉土感，但要用她來寫一篇完整的文章，卻幾度被認為是不可能、不應該的事情。

臺語文學的存在與發聲，始終切實地質問著殖民地的臺灣人面對外來政權以及「國語」的態度——即使在過去，「跨語」是一種是不得不的選擇，但被縫上新舌頭之後的臺灣人，來到解嚴開放的時代，卻幾乎失去了「跨回自己的本土語言」的能力。

而臺語文學的書寫和閱讀，甚至於坊間的臺語火星文，也一再提醒臺灣人，我們曾經是那麼努力要為自己最熟悉的語言找到適當的文字，而這不過就是「言文一致」最原始的初衷和需求而已，而如今我們做了多少，再回頭嫌棄一個語言已經不符合時代所用？

回歸臺灣文學史的觀點，如果爬梳「臺語文學論戰」在文學史上的位置，我們不難發現她與後來邱貴芬與廖朝陽的後殖民論戰、《中外文學》論戰，乃至於陳芳明與陳映真之間堪稱世紀之戰的「雙陳論戰」都有關。這些論爭，或多或少都繼承了「臺語文學論戰」所揭櫫的那些，涉及語言位階（國語／方言）、文字表記、文學創作、族群文化與（臺灣）民族認同的癥結。甚至於在二〇一八年《國家語言發展法》三讀通過[5]，二〇一九年公視臺語台成立之際，這些問題都還沒有完全解決，宛如臺灣土地上的文化隱痛，以平均二十至三十年的規律進行「正常能量釋放」。她顯然是一個未完成的「現在進行式」，而且同時涉及語言、文學、文化、政治層面。

簡而言之，一九八〇年代的「臺語文學論戰」，根本上是一場應該追溯到一九三〇年代「臺灣話文論戰」的未竟之業，並經歷戰後一九六〇年代「方言文學」、一九七〇年代「鄉土文學論戰」之後，將臺灣史上所有有關語言、文化、文學、歷史和認同問題再一次召喚出來進行真劍對決，非常有「現實感」的一次文學論戰。但奇怪的是，為何坊間許多文學史論專書，對於這場「臺語文學論戰」的歷史繼承、討論過程與後續影響卻隻字不提，甚至對於日本時代的「臺灣話文論戰」也只輕輕帶過，或者只講戰前臺灣話文，而不論戰後臺語文學？絕大多數的文學史專書，在宏觀的視野下，無法提供相關的歷史線索和脈絡讓後來者覺察，進而處理這個糾纏了臺灣民族將近一百年的牢結。6

也許，我們不是真的忘記，只是還沒想起來。那些經過時代碾壓而還能留下來的文獻、聲音和文學作品，就是最好的回答。

1 「臺語」的名稱爭議甚多，為方便討論，行文中如無特別註解，「臺語」所指皆為臺灣話／Ho-lo話／福佬話／賀佬語／河洛語／臺灣閩南語，如有需要以廣義狹義進行討論，則稱為「臺灣閩南語」。

2 廖咸浩此文原為《台大評論》稿約，發表前應邀先於1989年6月17日在淡江大學所舉辦的「文學與美學研討會」宣讀。主辦單位並將論文節錄、投稿《自立晚報》副刊刊出，內容經過刪節、錯置，篇名也被改為〈需要更多養分的革命——「台語文學」運動理論的盲點與囿限〉。因發表、轉錄之故，本文有數個公開版本，收錄於《愛與解構—當代臺灣文學評論與文化觀察》（臺北：聯合文學，1995）一書中的版本，可視為定稿，並有若干刪減修飾。

3 呂興昌，〈台語文學的邊緣戰鬥——以八、九〇年代台語文學論爭為中心〉，張炎憲、曾秋美、陳朝海編，《邁向21世紀的臺灣民族與國家論文集》（臺北：吳三連臺灣史料基金會，2001.11）。

4 關於此事件，有「蔣黃事件」、「黃蔣事件」、「蔣黃衝突」、「524臺文事件」等等，未有定稱。因語順問題以及聚焦學術討論之需，筆者於當年事發後的相關評論及後來與之有關的碩士論文《被噤聲的臺灣意識：臺語文學的發展、史論建構與民族想像》一文中均以「蔣黃事件」稱之，較為中性。

5 文化部以《國家語言發展法》為法源，關於語言名稱之使用說明如下：「《國家語言發展法》並未以法律明列各固有族群之語言名稱，即是尊重各族群使用者慣常使用之命名權。」網址：https://www.moc.gov.tw/content_275.html，使用日期：2020.06.27。

6 目前於臺語文學論戰之後出版的臺灣文學史（論）專書中，幾乎僅見彭瑞金《臺灣新文學運動四十年》（臺北：自立晚報，1991）有所著墨。且難能可貴的是，彭瑞金雖對「臺灣話」的定義與可能性持有異見，以反方立場參與論戰，但仍以客觀、持平之態度與觀點，將此論戰的梗概與歷史脈絡予以呈現。

臺灣話文論戰：用臺灣話寫作，還是中國話？（1930-1932，1932-1934）

腳踏土地的文學作品是什麼樣貌？能不能大聲朗讀、讓人們都聽懂？黃石輝急切地向文壇提出質疑。那是一九三〇年，臺灣文學運動蓬勃發展。但弔詭的是，新文學強調為大眾而寫，卻使用了大眾讀不懂的中國式白話文。臺灣文學是否應該更貼近臺灣大眾的語言？知識份子思考如何跟大眾溝通，「文藝大眾化」的呼聲在作家群中此起彼落，於是掀起了「臺灣話文論戰」。

◆來戰

黃石輝：來！頂天立地談鄉土

如果「新舊文學論戰」確定新文學以白話文寫作的方向，那「臺灣話文論戰」就是進一步思考：為什麼要用中國式的白話文來寫臺灣事物？臺灣人能不能用自己的語言、寫自己的天地？

挑起此一論戰的，是支持「臺灣話文」的黃石輝。他在一九三〇年寫下〈怎樣不提倡鄉土文學〉，驚動文壇。文中「你頭戴臺灣天，腳踏臺灣地……」這段話，至今仍是臺灣文學史上最著名的宣言。

黃石輝提出「鄉土文學」，主要是指「用臺灣話文寫成的文學」，希望文學能更貼近大眾日常生活。這場論戰也常被視為臺灣文學史上「第一次鄉土文學論戰」。

此一主張獲得郭秋生、賴和、李獻璋等人的支持。影響所及，包括賴和等人的作品開始融入更多的臺灣話詞彙。

◆不服

廖漢臣：鄉土？是田園風光，很快就銷聲匿跡了。

相對於「新舊文學論戰」，「臺灣話文論戰」其實更像「新文學」陣營的內部互戰。反對「臺灣話文」陣營的廖漢臣，認為鄉土文學過於專注在微小的地方特色，這些東西很快就會隨時代逝去。他亦反問黃石輝：「一地方要一地方的文學，臺灣五州，中國十八省別，也要如數的鄉土文學嗎？」

此一陣營的作家包括林克夫、朱點人、王詩琅、張我軍等。雙方所爭執的，不但是「臺灣文學有特殊性嗎」、「要不要強調臺灣的特殊性」的問題，更隱隱顯現不同的共同體想像。「誰是讀者」與「誰是同胞」往往是一體兩面的問題。

來戰

郭秋生：所有文盲兄弟姊妹，隨工餘的閒暇儘可慰安，也儘可識字，也儘可做家庭教師。

郭秋生是支持「臺灣話文」陣營最力的作家之一。他認為文學是思想傳播的工具，用大眾可以「聽明白」的文字來寫作，才能達到傳播效果。他主張以漢字為基礎，以字追音，來塑造新的「臺灣話文」。

論戰結束之後，雙方看似沒有吵出什麼結果。然而郭秋生後續創辦《南音》雜誌，以漢字書寫臺灣歌謠，投入了臺灣話「文字化」的嘗試，成為此一論戰最具體的成果。

◆不服

林克夫：用中國白話文寫臺灣人與中國人都看得懂的文學

林克夫則屬於反對「臺灣話文」的陣營。他認為臺灣不必自己獨樹一格，既然和中國密切相關，那麼就用臺灣人與中國人都看得懂的文字即可。

此一陣營的多位作家都認為中國式的白話文已是足夠的文學語言，沒有強調臺灣話文的必要。同時，他們也擔憂臺灣話文可能會使臺灣文學與中國文學隔閡。這顯示了兩個陣營對於「為誰而寫」的想像並不相同——究竟是要以臺灣讀者為主，還是要考慮中國的讀者？

在接下來的幾十年內，此一「用什麼語言寫」與「為誰而寫」的爭論，也將以不同的形式反覆出現。

一九四三—一九四九

戰身份

臺灣文學的「身份難題」

橋副刊論戰：要團結，但要承認差異嗎？

楊逵：臺灣文藝界不哭不叫，陷於死樣的寂靜……為什麼我們一直在沉默著等待死亡？

駱駝英：臺灣文學有的是「消沉、傷感、麻木、『奴化』……等落後的『特殊性』」；「『鄉土文學』是沒有多大價值的『文學』，是與中國革命脫節的東西」。

楊逵：在日本控制下，臺灣人的情感改變了多少。臺灣的自然、政治、經濟、社會改變了多少？這條「澎湖溝」

糞寫實主義：不表達意見，可以嗎？

西川滿：臺灣文學的「糞寫實主義」低俗不堪，絲毫沒有日本的傳統，真正的寫實主義根本不是那麼一回事！

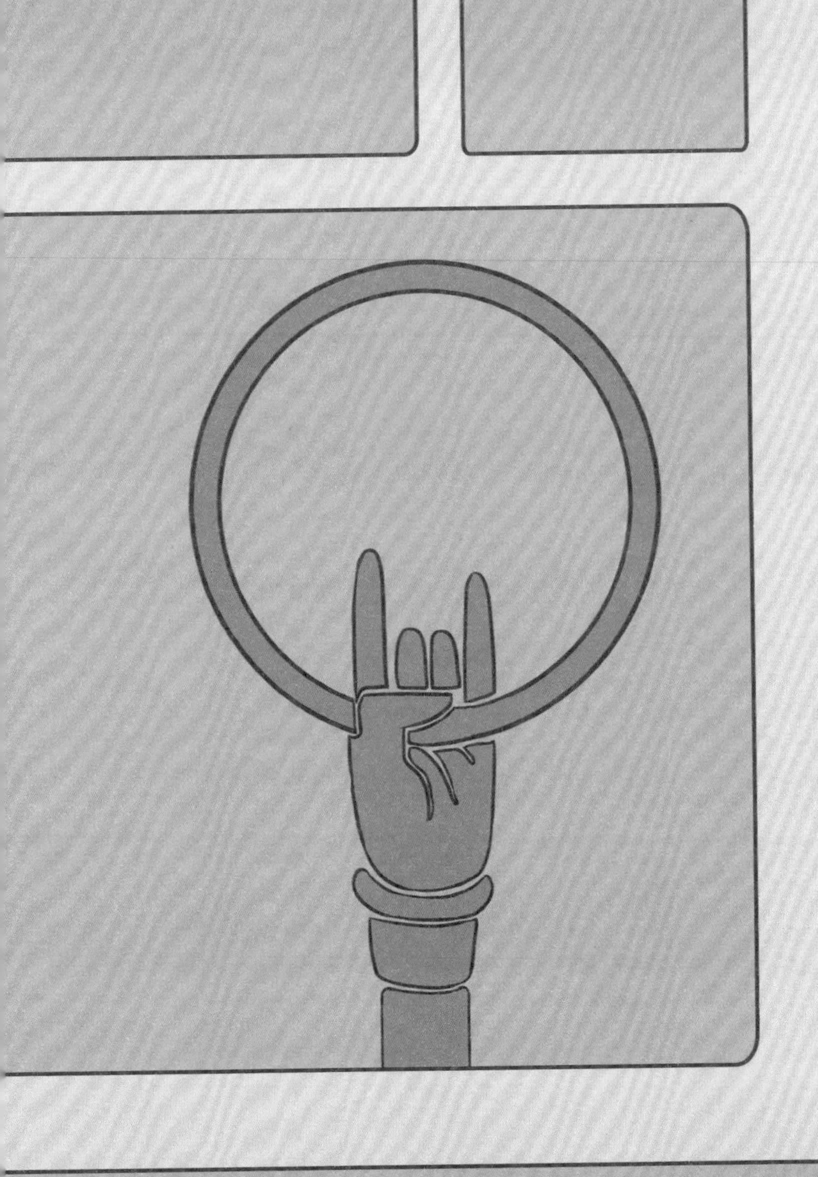

楊逵：沒有糞便，稻子就不會結穗，蔬菜也長不出來。這就是寫實主義。

你的文學觀定義你是誰：文學的「身份」和「美學」

從日治末期到國府初期，從殖民的壓制到省籍的鴻溝，臺灣作家開始面對最根本的問題：當我們提筆寫作時，「我們」是誰？

一九三七年，中日戰爭爆發後，臺灣進入戰時體制，日本殖民政府推行文化皇民化、工業南進化。同時，日本急欲建立「大東亞共榮圈」，於一九四〇年代先後舉辦「大東亞文學會議」、「決戰文學會議」，集聚臺、日、韓作家共同商議「文學如何報國」的問題。

這是集權統治下，政治對文學的強力干預、控制。作家或者順從、或者抵抗，於是有了「糞寫實主義論戰」。而到了戰後初期，臺灣收歸國府統治後，這段「皇民化時期」的文學又被外省文人質疑，他們不熟悉臺灣作家艱苦的掙扎歷程，而在「橋副刊論戰」強烈批評臺灣沒有文學、沒有特殊性。在短短數年間，臺灣文學兩度陷入身份難題：一下被指責不夠日本，一下又被指責不夠中國。臺灣作家何去何從？

大東亞文學者大會第一回臺灣代表

大東亞文學者大會於一九四二年十一月東京召開。本圖像為臺灣代表濱田隼雄、龍瑛宗、西川滿和張文環（從左至右），也是臺灣文學「身份」和「美學」論爭開啟序幕的關鍵人物。

糞寫實主義論戰：殖民者如何佔領文壇

朱宥勳

論戰的遠因

一九四三年，臺灣文壇爆發了「糞寫實主義論戰」。在二次世界大戰的背景之下，這場論戰表面上是文人的理念之爭，實際上帶有非常濃重的政治陰影，幾乎可以視作「殖民者如何佔領文壇」的一場戰役。

當時的臺灣文壇大致可以分成以《文藝臺灣》為陣地、西川滿為領袖的親日派陣營；以及以《臺灣文學》為陣地、張文環為領袖的消極抵抗陣營。這兩個陣營在文學理念上有異有同，最大的差異是對「戰爭協力」的態度——究竟，身為一個作家，是否應該跟從官方的政策，撰寫宣傳戰爭的作品？是否應該支持「皇民化運動」？「糞寫實主義論戰」就是這兩個陣營的最後一場大戰。

論戰的遠因，可推到一九四三年二月六日。那一天，官方機構「皇民奉公會」頒布了第一屆「臺灣文化賞」，這個獎是以推進皇民化運動、戰爭協力為宗旨的。而第一屆的文學類獎項，就頒給了西川滿、濱田隼雄、張文環三人。

從陣營分佈來看，這是「以《文藝臺灣》的日籍作家為主，抓《臺灣文學》的領袖張文環進來陪襯」的結構。西川滿、濱田隼雄支持皇民化運動，這點沒有問題。但對張文環來說，入選文化賞卻頗為尷尬：官方授予你榮銜，似乎是好事；但你接受了榮銜，就必須加入皇民文學的體系，你會「被成為」官方代表，而且還無法拒絕。

在這種尷尬的狀況下，臺北帝國大學的工藤好美教授加入戰局。工藤好美雖是日本人，但一直是同情臺灣人處境的。他在三月初發表長篇評論〈臺灣文化賞與臺灣文學〉，詳細評論了三位得獎作家。表面看去，他對三位作家都有褒有貶，但字裡行間卻傳達出了厚張文環而薄其他兩人的意思。這頗值玩味：西川滿是最大聲支持官方的作家領袖，濱田隼雄的《南方移民村》則是徹頭徹尾「符合國策」的作品，但工藤好美都明確指出他們在文學上有所不足。相反地，工藤好美反而盛讚作品裡面毫無戰爭氣息、筆觸淡遠、政治立場也與官方隱然有隔的張文環，僅是點綴性地提到一些缺點。

對西川滿等人，或者說對他們背後的官方來說，這是令人尷尬的半個巴掌——說是半個，因為工藤好美確實也沒有什麼激烈批評；但他又把「陪榜」的張文環標舉得比「正主」還高，無論從政治上看、從文壇默契來看，譏嘲之意都非常明顯。這篇〈臺灣文化賞與臺灣文學〉以及它引起的激烈反擊，很快便點燃了喔一九四三年的「糞寫實主義論戰」。

「實力懸殊」的論戰

「糞寫實主義論戰」可說是一場實力懸殊的論戰，「實力懸殊」有兩層意思：一是從論理的角度來看，《文藝臺灣》陣營表現得非常差，幾乎被整個文壇圍剿，連日本作家都看不下去；但另一方面，西川滿一方發起的這場論戰，恐怕本來就不是要以論述取勝，而是以此為口實來併吞《臺灣文學》陣營，在政治層面上，反而是張文環一方被打得毫無還手之力。

一九四三年四月，濱田隼雄發表了〈非文學的感想〉。這是對工藤好美〈臺灣文化賞與臺灣文學〉的第一波反擊。反擊由濱田隼雄發起非常合邏輯，因為〈臺灣文化賞與臺灣文學〉確實對濱田隼雄的批評比較嚴厲。〈非文學的感想〉發表於《臺灣時報》，這是「皇民奉公會」旗下的報紙，「官方背書」的意味很強。這篇文章雖然沒有點名工藤好美，但很有針對性。比如他批評有些作家受到歐美「自然主義」的影響，沒有好好思考戰爭的問題；而「自然主義」，正好就是被工藤好美誇獎的張文環的正字標記。

為何「自然主義」會成為攻擊焦點呢？這要從它的文學觀點開始說起。自然主義認為，作者在寫作時應該盡量隱身，不要隨便介入去評價角色；同時，他們也希望可以更真實的描寫人類生活，而不要為了戲劇化去誇張情節，要把觀察到的東西忠實寫下來。因此，這種手法十分冷靜、知性，能夠凸顯角色所面對的社會困境。用這種手法來寫日治時代，很自然就會看到臺灣人被殖民的困境。

這就是為什麼，濱田隼雄會批評臺灣作家太過沉溺於「否定性的現實」，專挑現實中醜惡的、不好的一面來寫。這不但是針對張文環，更是針對《臺灣文學》和工藤好美的文學理念。《文藝臺灣》便藉著文學理念之爭，包夾了政治忠誠度的批評：都什麼時節了，還在擾亂民心、說政府壞話？「自然主義」說不鼓吹任何理念，難道是想對「大東亞聖戰」袖手旁觀嗎？

文壇山雨欲來，但真正的主菜，則要到五月一日才上。這一天，西川滿所主導的「臺灣文藝家協會」改組為「皇民奉公會」旗下的「臺灣文學奉公會」。這等於是讓西川滿瞬間「升官」了，從一個民間文學社團的領導者變成了全島文學體制的領導者。而也在這一天，新一期《文藝臺灣》出刊，西川滿在該刊發表了〈文藝時評〉，激烈批評臺灣作家寫的是「糞寫實主義」：

大體上，向來構成臺灣文學主流的「糞寫實主義」，全都是明治以降傳入日本的歐美文學的手法，這種文學，是一點也引不起喜愛櫻花的我們日本人的共鳴的。這「糞寫實主義」，如果有一點膚淺的人道主義，那也還好，然而，它低俗不堪的問題，再加上毫無批判性的生活描寫，可以說絲毫沒有日本的傳統。

「糞寫實主義」是他自創的名詞。如果我們細看其內容，他批評的正是歐美傳入的「自然主義」。所謂「毫無批判性」，指的就是自然主義希望客觀描寫、不要摻入過多作者的意識。

濱田隼雄和西川滿的論調基本上是一樣的。西川滿此文最大的創意，就是用「大便」來罵對手，用「糞寫實主義」替換濱田隼雄文謅謅的「否定性的現實」。這樣的罵戰水準實在有失作家風範。因此不分臺籍、日籍，大量的作家都發聲反駁西川滿，參戰者至少就有世外民（邱永漢）、吳新榮、伊東亮（楊逵）。除了正面交鋒者，也有些作家會在主題無關的文章裡偷酸西川滿，如寶泉坊隆一、垣之外、辻義男等。而除了《文藝臺灣》的濱田隼雄、葉石濤之外，基本上沒有人公開支持西川滿。

有趣的是，在此次論戰中寫了〈給世外民的公開信〉，完全擁護西川滿論調的少年葉石濤，正是西川滿今年才收的「徒弟」。這位徒弟幾個月前才被《臺灣文學》退稿。他因此覺得自己跟張文環等人路線不合，改投《文藝臺灣》，因而加入了西川滿陣營。《臺灣文學》諸君想必哭笑不得吧，誰也沒想到退稿的「果報」這麼快就來了。更耐人尋味的是，葉石濤晚年自述：當年的〈給世外民的公開信〉是西川滿自己寫，掛葉石濤之名發表的。葉石濤後來對臺灣文學的巨大貢獻有目共睹，這段年少輕狂的經歷，也因為當事人逝世而無從查證，成為臺灣文學史上的一樁公案。

〈文藝時評〉這篇文章給西川滿留下了無盡的罵名。但站在臺灣作家的立場，背後的政治威脅卻非常巨大，不是那麼容易回應的。「糞寫實主義」固然有失格調，但是指控臺灣作家「沒有日本傳統」，那等於是隱然在質疑臺灣作家的政治忠誠度了。

因此，楊逵要在七月發表的〈擁護糞寫實主義〉，苦心孤詣地將「描寫臺灣的現實」與「體會日本精神」結合起來，以反駁西川滿。在這篇文章中，伊東亮刻意舉了坂口れい子和立石鐵臣兩人的文章當作佐證。一方面是用日本人案例，顯示自己沒有臺日對抗之心；一方面則引用立場相近的日本文人，隱微表達了自己的意志。

然而，字裡行間的小巧騰挪，終究敵不過政治力量的粗暴介入。八月，第二回「大東亞文學者大會」召開，發表了激進的文學口號「決戰精神昂揚、擊滅美英文化、擁立共榮圈文化」。十一月，西川滿主導的「臺灣文學奉公會」再次召開「臺灣決戰文學會議」。官方把用詞從「戰爭」、「協力」這些詞升級到「決戰」，步步進逼，已不允許臺灣作家閃躲了。在這個會議上，西川滿發表了〈文藝雜誌的戰鬥配置〉一文，顯露出「全面佔領文壇」的政治野心。

〈文藝雜誌的戰鬥配置〉先從過去大半年論戰烘托出來的「戰爭協力」氛圍起手，以「決戰」的急迫感，要剔除所有不合官方需求的作品，「不能再容許它們的出現」。接下來，西川滿提出要讓「臺灣文學奉公會」發行一本機關誌，但雜誌如何說辦就辦呢？於是話鋒一轉，西川滿便說要「獻上《文藝臺灣》給臺灣文學奉公會」，並且以「拋磚以玉」一詞暗示其他人也應該跟進，否則就是缺乏「滅私奉公」的精神了。

西川滿不愧是文壇領袖級人物，並不是只會用糞便罵人而已。這是一箭多雕，穩賺不賠：一來首先對殖民政府表達忠誠，先馳得點；二來把「自己的雜誌」獻給「自己主導的組織」，根本沒有任何損失；三來「獻上」雜誌，就可以先作一個姿態去脅迫其他雜誌屈從，為官方消滅不聽話的作家陣營，當然劍指《臺灣文學》；四來由自己發動這個提案，往後所有人都包入西川滿的主場了，拿什麼跟他鬥？

諂媚政府、消滅對手、擴張勢力——還有比這更好的買賣的嗎？

無可奈何的「決議」

於是，《文藝臺灣》、《臺灣文學》兩大陣營對立的態勢，就在一九四三年底畫下句點。《臺灣文學》、《文藝臺灣》分別停刊，五個月後通通合併改組為《臺灣文藝》——那份西川滿提議的機關誌。

事已至此，我們才看懂：這是殖民政府以親官方的作家為打手，掀起論戰、把臺灣作家逼入必須澄清「忠誠度」的角落後，再突擊、消滅民間陣營的一場戰爭。這也是官方巧妙利用文壇內部的衝突來「統一」文壇的故事。

從一開始，這就不只是一場論戰。

這是日治時期最重要、也是最後一個文學論戰。二次大戰期間，臺灣文壇有兩大文藝團體，分別是以臺人作家張文環等人為主的《臺灣文學》，以及以日人作家西川滿等人為主的《文藝臺灣》。他們在一九四三年，臺灣總督府皇民奉公會頒布第一屆「臺灣文化獎」之後，針對得獎作品，展開針對「寫實主義」的論戰。

◆來戰

西川滿：臺灣文學的「糞寫實主義」低俗不堪，絲毫沒有日本的傳統，真正的寫實主義根本不是那麼一回事！

一九四三年，二次世界大戰的戰火熾烈燃燒。隨著戰爭的升溫，日本殖民政府也逐步收緊文學創作的自由，推動「皇民文學」，要求臺灣作家必須配合政策來寫作。

在肅殺的政策下，以張文環為首的臺灣作家無法公開反抗，只好以「自然主義」的寫法來消極抵抗。所謂「自然主義」，是從歐美傳來的一種文學思潮，是「寫實主義」的一種變體。它主張客觀描寫人事物，不加上太多主觀意見。既然不加上主觀意見，就能迴避「

是否支持戰爭」的問題。

然而，立場親官方的灣生作家西川滿，於年中發表〈文藝時評〉。這篇文章把臺灣作家的寫法罵成「糞寫實主義」，意思是臺灣作家只挑跟「大便」一樣醜惡的寫實來描寫，根本不是真正的寫實主義。

同時，他也批評臺灣作家採用自然主義寫法，是拙劣模仿歐美的產物，沒有日本文學的氣息。當時日本正與美國作戰，因此，這種批評也有「臺灣作家不忠於國家、消極抵制戰爭」的政治暗示。

此文以低俗用字辱罵，又帶有政治殺機，文章一出，文壇譁然。除了濱田隼雄和西川滿的學生葉石濤之外，幾乎整個文壇都群起批評西川滿。

◆不服

楊逵：沒有糞便，稻子就不會結穗，蔬菜也長不出來。這就是寫實主義。

反擊西川滿的代表性文章，以楊逵的〈擁護糞寫實主義〉最為重要。當大多數臺灣作家指責西川滿「用大便罵人」時，楊逵另闢蹊徑，反而寫文章說：大便很好啊！土地就是要有糞便才能肥沃，而文學本來就應該來自土地。

此一反擊不但闡明自身立場，更暗指西川滿文學觀點的狹隘，認為西川滿眼中的「日本文學傳統」，只是浪漫、虛浮、脫離現實的文學。楊逵刻意以坂口れい子和立石鐵臣兩位日本人的作品為例，巧妙解消政治審查的著力點，顯示自己不是在鼓動臺日對抗。

然而，即便〈擁護糞寫實主義〉論理水準較高，仍然不敵政治大勢的碾壓。一九四三年底，西川滿在「臺灣決戰文學會議」發表〈文藝雜誌的戰鬥配置〉，將所有文學雜誌併吞到自己主導的《文藝臺灣》雜誌之下，消滅臺灣作家的發表陣地。

至此，一度蓬勃發展的臺灣新文學遭到毀滅性的打擊，直到戰爭結束以前，都沒有出現任何轉機。

一場被遺忘的文學論戰：戰後初期與「橋」副刊論戰

盛浩偉

另一個「眾聲喧嘩」的年代

「眾聲喧嘩」早已是許多論者在描述當代臺灣文學時常用的詞彙。它表達了臺灣的言論、文化、思想，歷經國民黨戰後高壓統治的縮限，終於在解嚴後迸發出多元紛呈的聲音，展現百花齊放的景象。不過在許久之前，臺灣文學史上，也曾有一段非常短暫，卻同樣「眾聲喧嘩」的時期——那就是「戰後初期」。

然而，這個時期的文學狀況、文化發展，其實相當繽紛，也有可觀之處，但卻經常為人所忽略。幾個可能的原因是：第一，這段時期太過短暫，只在一九四五年至一九四九年間，也就是從第二次世界大戰結束、中華民國政府接管臺灣開始，一直到中華民國政府遷臺為止這短短四年的時間內；第二，先前的時期和之後的時期，其特徵、性質都相對明確（日治是殖民統治；一九四九年後則是國民黨威權統治，戒嚴、反共），但「戰後初期」是兩者之過渡轉換，質性複雜，加上社會上動盪混亂，在在都使得這段時期難以被一概而論；而第三，也許是最重要的原因：這段時期的文化景象，隨著國民黨遷臺與戒嚴令的實施，強烈高壓造成言論與思想急速緊縮，宛如樹木被攔腰砍斷，幾乎沒有什麼成果被延續或繼承。

這段時期被忽略，使得現在我們普遍對文化發展、文學史的認識印象有一種跳躍或說斷裂：彷彿，在前一個時期，臺灣人還在努力抵抗殖民，同時思索皇民化運動與戰爭時局的波濤，但到了下一個時期，立刻就走向兩個極端：口徑一致的反共文藝，與瞬間沉默的失語一代。但事實上，夾在中間的「戰後初期」顯示了更為複雜、立體的景況，以及當時人們的渴望、嘗試與掙扎。

比如，一九四五年到一九四六年上半年之間，由於日治時期的出版禁令解除，民間各式各樣的報章雜誌如雨後春筍般創刊發售，隨後官方也搶食出版版圖，創立許多機關誌與宣傳刊物，形成了空前盛況，並且，由於當時整體風氣都亟欲掙脫殖民遺緒並完成戰後重建，文化人們更是無所忌憚地放言針砭、批判各式各樣社會問題。此外，在這段短暫的時間內，報章雜誌所使用的語言也曾是中、日文交混，甚至在同一個版面上並列，宛若日本殖民初期的轉換。

又或者，在文藝上，當時有許多中國外省作家來臺，與臺灣作家及文化人士彼此密切交流，促進認識。其中著名例子，如臺大中文系主任許壽裳與楊雲萍共創《臺灣文化》雜誌，或如外省文人雷石榆與臺灣現代舞之母蔡瑞月的結婚等，而這更給臺灣文壇帶來了品味與思想上的影響，甚至曾吹起一股魯迅熱以及現實主義思潮的復甦。

對當時的臺灣人而言，在經歷了五十年殖民統治之後，終於可以脫離權力不平等的處境，回歸「祖國」懷抱，並夢想「祖國」會讓自己當家做主，是故他們無不滿心期待理想的未來。且更由於當時的政治與社會環境都仍未從戰亂中完全復原，這卻反倒使得種種思潮、言論保有了自由的空間，得以盡情伸展，才有這欣欣向榮的景況——然而，這終究只是曇花一現。二二八事件爆發後，一切急轉直下。

搭橋與重建的努力

一九四七年，二二八事件爆發，事件後餘波蕩漾，肅殺氣氛瀰漫於臺灣社會。經歷巨大的創傷與政府殘暴的整肅，民間媒體在先前短暫展現出的批判性盡失，本省知識份子也只能採取緘默姿態，彷彿一種不合作的抗議。人民與政府之間充滿不信任，本省人與外省人之間的情感上的、文化上的隔閡也都愈來愈大，而外省人作家對日治時期臺灣人作家長期奮鬥所累積的文化成果，更是無從認識，還以為臺灣只是個蠻荒的「文藝的處女地」。

然而，在這沉痛的一年，八月一日開始，歌雷卻開始在《臺灣新生報》上規劃、主編起了「橋」副刊。歌雷本名史習枚，江西九江人，上海復旦大學新聞系畢業；戰後來到臺灣的他，雖然身為外省人，卻積極促成與本省人之間的交流，試圖消弭歷史創傷帶來的隔閡。　同時，因為他懷抱文學必須反映、改造現實的信念，也讓他在日治時期臺灣文學傳統當中找到能夠彼此「橋」接的共通之處。光從「橋」副刊的名字本身，或是刊前序語，就能明白看到他的理念：「橋象徵著新舊交替，橋象徵從陌生到友誼，橋象徵一個新天地，橋象徵一個展開的新世紀。」在這個空間裡，他一方面介紹當時中國新文學，一方面也邀請臺灣人投稿，並替這些擅長日語卻尚未熟悉中文的作家們翻譯、發表。

沒過多久，在這一年的十一月七日，就刊登了一篇作者署名歐陽明的文章〈臺灣新文學的建設〉，開頭直言：「在今天，來探討臺灣新文學的建設問題，是有著新的歷史性與現實性的。這問題，在今後中國新文學運動中也將是一部份的問題。這問題的提出，自然包含了對於過去臺灣文學的批評。」也就是說，他將臺灣文學當成中國新文學運動的一環，認為臺灣有其獨特性，但仍屬於中國新文學發展的分支，必須朝向同一方向建設。現在有一些研究視這篇文章為一個開端，認為它率先提出了建設臺灣新文學的問題，揭開了「橋」副刊論戰的序幕。

所謂「橋」副刊論戰，顧名思義，就是以該副刊為中心所展開的一連串論戰。然而，比起其他文學史上較為人知的論戰都是以主題為名（如「糞寫實主義論爭」、「鄉土文學論戰」等），這場論戰卻是以文章的發表空間為名。這或許也隱約透露了這場「論戰」的特色：在歐陽明的文章之後，隔年三月起，才有多位其他作者較密集地在此（以及其他報紙副刊上）發表文章；然而，他們的討論一開始並未如常見論戰那樣形成對立衝突的陣營以及針鋒相對的意見，反而更像是各抒己見，提出不同立場的看法。

同一時間，一九四八年，就在二二八事件將要滿週年前夕，許壽裳遭到殺害，雖然新聞報導他是被小偷所殺，但許多人皆認為這是國民黨特務所為。不過，這起命案並未震懾本省外省文化人，卻反倒令他們深刻認識到結成統一陣線的必要。三月，楊逵寫了一封信給歌雷，日後這封信也被孫達人翻譯，並以〈如何建立臺灣新文學〉為題，刊登在「橋」副刊上。文中楊逵這樣寫著：「我們目前瀕於飢餓，特別是精神上的飢餓，這就因為臺灣文藝界不哭不叫，陷於死樣的寂靜，如果這樣的狀態再繼續下去，我們除掉死滅之外是沒有第二條路的，為什麼我們一直在沈默著等待死亡。」

窘迫的現實與突發慘案，這樣的外在環境裡，有一群懷抱理想、渴望以發聲交流來消弭隔閡，結成統一陣線的文學人，希望最終能靠作品介入、改變現實。在這種種因素之下，歌雷決心實際將這些寫作者們團結起來。於是，他籌辦了兩場茶會，邀集本省、外省作家，彼此交流討論，發表意見。這在今日看來或許沒什麼，但在那樣的時空環境底下，不管是主辦方的「橋」副刊，或是參與其中的文學工作者，都勢必得承受許多巨大的壓力，無論是來自社會人心的消極，或是來自國民黨的政治壓力。比如，在〈關於如何建立臺灣新文學——第二次作者茶會總報告〉裡，本省籍的吳坤煌的發言標題為「希望大家能打破這目前文藝界的沉寂」，並在發言的最後提到：「但是在『目前的』環境下，大家都不敢說話，所以大家不得不沉寂下來。希望大家打破這一種沉寂。」從這裡，或許可以想像當時的氛圍。

無疾而終的論戰

這場「論戰」參與者眾，彼此意見的正面交鋒較少，或是觸及不同層面，頗為發散，但是一位署名駱駝英的作者，在一篇〈論「臺灣文學」諸論爭〉中，整理出八個主要方向：「（一）臺灣過去的文學是怎樣的？（二）臺灣有無特殊性？「臺灣文學」一口號對嗎？（三）五四到現在中國的社會變了沒有？（四）新現實主義中容許浪漫主義否？（五）新現實主義的文藝中有無「個性」？（六）是否可以偏向浪漫主義？（七）臺灣應該建立怎樣的文藝？（八）如何建立臺灣的文藝？」

可以看到，第四至第八項，都偏向文學／文藝內部的討論，第一及第三項，則是關乎歷史與現實，這些討論火藥味都不濃；最敏感的主題，就是第二項——「臺灣」與「臺灣文學」特殊嗎？——挑起這個話題的，是田兵的〈臺灣新文學的意義〉，他在文章中質疑到：「關於怎樣建立臺灣新文學這一個問題提出以後，有許多人便在奇怪地問，建立新文學就建立新文學，為什麼在新文學上面還要加上臺灣這兩個字？臺灣文學和祖國文學之間為什麼還要劃上一條界線？為什麼有提出建立臺灣新文學的口號而沒有什麼建立江蘇新文學和建立浙江新文學等等的口號？」

到了六月十四號，中央社訊有篇報導：〈所謂「建設臺灣新文學」錢歌川說有語病展開文學運動則有必要〉，當中明確提示立場：「鼓勵於創作中刻劃地方色彩及運用適當方言無不可，然不可謂即為臺灣新文學，可與中國文學日本文學對立。」於是此後，在「橋」副刊上，有陳大禹、瀨南人（林曙光）等人對此不滿而展開回應，同時，戰火也向外蔓延，另有杜從、段賓、夏北谷等人在《中華日報．海風副刊》持與錢歌川相同論調，對「（建設）臺灣文學」展開嘲諷、批判。

簡而言之，原先在「橋」副刊上所發起的「建設臺灣新文學」之議，最初僅是為了打破二二八事件後文學界的低迷，才有這個倡議。討論最早從一九四七年十一月開始，卻直到一九四八年六月——也就是討論開始已經半年多之後——錢歌川的意見公開見報，用現在的語境來理解，幾乎就是給整個討論貼上「臺獨不可行」的標籤，爭論遂自此白熱。當中如楊逵曾先後在「橋」副刊與「海風」副刊上分別發表了〈「臺灣文學」問答〉與〈現實教我們需要一次嚷〉兩篇文章，力挺發展「臺灣文學」之必要，也再三強調臺灣雖然是「祖國」的一部分，卻具有相當的歷史特殊性，並且認為：「不管內地本地的文藝工作者今天需要聯合一塊兒，竭力找尋一條路，發現定當的創作方法。」最後甚至還自行另創一份文藝雜誌《臺灣文學叢刊》，來實踐這份理想。

看似風風火火，雖然開始有了硝煙味，卻也反映出藝文界還懷抱著一點希望、還有改變現實的期待與活力。閱讀這些論戰文章，不時會誤以為他們確實克服了二二八事件之後的低迷，甚至即將要創造出些什麼了。——然而不，他們沒有。一九四九年四月六日，四六事件發生，歌雷、楊逵，以及多位參與論戰的作家們盡皆遭捕入獄，「橋」副刊被迫停刊，一切再次陷入低迷，沒隔多久，國民政府遷臺，戒嚴令實施，白色恐怖開始。再一次地，這座島上的政治力又壓垮了自由，壓垮了對創作的追求，而這短短幾年間搭建起的種種，就這樣橋毀樓塌，被遺忘在歷史的深處，彷彿什麼都沒發生過一樣。

主要參考資料：

何義麟，《跨越國境線：近代臺灣去殖民化之歷程》（臺北：稻鄉出版社，2006）。

徐秀慧，《戰後初期（1945-1949）臺灣的文化場域與文學思潮》（臺北：稻鄉出版社，2007）

陳建忠著，《被詛咒的文學：戰後初期台灣文學論集》（臺北：五南，2007）

陳映真、曾建民編，《1947-1949 臺灣文學問題論議集》（臺北：人間，2003 初版二刷）

黃英哲，《「去日本化」「再中國化」戰後臺灣文化重建　1945-1947》（臺北：賣田，2007）

橋副刊論戰「論」什麼？臺灣文學的定位與去向（1947-1949）

二次大戰結束，日本投降，臺灣轉由國民政府統治。短短兩年內，臺灣人從解脫殖民的興奮，到對國民政府全面幻滅，終至爆發了「二二八事件」。事件後半年，外省出身的歌雷創辦了「橋副刊」，試圖溝通本外省文人，共同思考臺灣文學的未來。發刊詞提到：「橋象徵新舊交替，橋象徵從陌生到友情，橋象徵一個新天地，橋象徵一個展開的新世紀。」以「橋副刊」為陣地，作家們針對當時臺灣的處境，討論「臺灣文學」是否有其獨特性，與中國文學的關係該如何定位等問題，多有爭論，被後世稱為「橋副刊論戰」。

◆來戰

楊逵：臺灣文藝界不哭不叫，陷於死樣的寂靜……為什麼我們一直在沉默著等待死亡？

歷經戰後初期的混亂，乃至「二二八事件」的重傷害之後，文學人意識到弭平省籍衝突、思考文學未來的必要。

一九四七年，歌雷於當時臺灣第一大報《臺灣新生報》創辦「橋」副刊。「橋」的理念，是溝通不同省籍的作家，共創臺灣文學的未來。歌雷以外省文人之姿，透過翻譯、座談等活動，努力與元氣大傷的本省作家合作。

就在這樣的背景下，「橋」副刊開啟「臺灣文學未來該往哪裡走」的討論。歐陽明、揚風、楊逵等作家陸續發表文章，隨後演變成數十回合的大論戰。

這場「『橋』副刊論戰」揭開臺灣戰後論戰不休的幾個大主題：「臺灣文學」這個名稱恰當嗎？「臺灣文學」跟「中國文學」的關係是什麼？該如何看待日治時期的臺灣文學？

這些論戰最後凝結在一個焦點上：臺灣文學有「特殊性」嗎？

◆不服

駱駝英：臺灣文學有的是「消沉、傷感、麻木、『奴化』……等落後的『特殊性』」；「『鄉土文學』是沒有多大價值的『文學』，是與中國革命脫節的東西」。

在「『橋』副刊論戰」中，作家們大致同意應以左派的、關懷民眾的現實主義文學為主。但在此一共識之下，對於「臺灣文學有沒有『特殊性』」有不同的意見。

以駱駝英、錢歌川等人為主體的外省作家，多半不認為臺灣文學有特殊性，或者認為，就算有特殊性，也是日本殖民的遺毒，不但不需重視，甚至必須消除。如駱駝英以「奴化」批評日治時期的文學風格，並認為「鄉土文學」與中國文學脫節，因此缺乏價值。

來戰

楊逵：在日本控制下，臺灣的自然、政治、經濟、社會改變了多少。臺灣人的情感改變了多少？這條「澎湖溝」深得很呢！

另一方面，以楊逵等本省作家為主體的陣營，雖並未主張「臺灣文學要獨立於中國文學之外」，仍認為要正視臺灣歷史、社會的特殊性。

同時，他們也不能接受以「奴化」等概念，一概否定日治時期的文學成就。他們主張要理解、承接日治時期的文學傳統，才能真正理解臺灣的特殊性、真正理解臺灣社會特殊的樣貌和需要。外省作家貶低本省作家的日治時期文學經驗，正顯示雙方的「澎湖溝」有多深。

此一論戰轟轟烈烈，頗有喚醒文壇活力的氣勢。然而，一九四九年「四六事件」爆發，「橋」副刊主編歌雷、參與論戰的主將楊逵等作家陸續因為政治事件被逮補，這場有巨大潛能的文學論戰，瞬間又被政治力壓滅。

一九五六—一九七四

戰西化

新詩要往哪裡「新」？

現代詩論戰：「現代詩」的發明

紀弦：我們認為新詩乃是橫的移植，而非縱的繼承。

覃子豪：中國的新詩是中國的，也是世界性的，惟其是世界性的，更要有自己獨特的風格。

關唐事件：「回歸民族，反映時代」

唐文標：其實他們不過是新一代的文化買辦而已。憑藉外文能力的高牆、理論的洋化，於是便可以向中國大販工業時代的文學鴉片了。

顏元叔：他們以為只有社會，沒有家庭；只有群眾，沒有個人；只有上意識，沒有下意識；只有述眾人之事，沒有抒個人之情；只有「怒髮衝冠」，沒有「淚濕青衫」。

我們的歌要跟誰的風：新詩的「西化」vs「東風」

一九五〇年代以後，詩人們以宣言、以論戰、以作品，試著回答「新詩該往哪裡走」的問題。究竟要全盤西化，還是繼承傳統？而所謂的「傳統」，又是哪一種傳統？

一九五〇年代，在美援助益之下，詩壇有一波強烈的西化風潮。由詩人紀弦發起的「現代派」揭竿而起，力圖以西方的詩歌理論來改造臺灣的新詩。現代派的「六大信條」起初雖引起許多反駁，但卻催生了「現代詩」這個概念，並且普遍為一九六〇年代的詩人所吸納。直到一九七〇年代，臺灣國際處境江河日下，知識份子有了「回歸現實」的浪潮，才又重新檢討「現代詩」的種種文學觀點。

《中外文學》第 2 卷（右圖）

唐文標在一九七三年結束客座返美前夕，連續發表四篇文章於《中外文學》，批判臺灣現代詩。包括〈僵斃的現代詩〉，〈詩的沒落：香港臺灣新詩的歷史批判〉等篇，以強烈的論點掀起臺灣文壇熱烈討論。

《現代詩》13 期（左上）

紀弦主編《現代詩》，提出「現代派六大信條」。於 13 期撰寫〈現代派信條釋義〉，是一九五〇年代現代詩論戰的開端。

《創世紀詩刊》7 期（左下）

一九五四年創世紀詩社成立於高雄左營並發行詩刊，由洛夫、張默主編，隨後瘂弦加入。在臺灣詩壇現代化過程中扮演重要角色。

「現代詩」的誕生與確立：一九五〇年代「新詩論戰」

蔡明諺

一九五〇年代後期的新詩論戰，可以概分為四場論爭。首先是一九五七年八月一九五八年十二月，覃子豪與紀弦的「現代主義論爭」。其次是一九五九年八月到十一月，蘇雪林與覃子豪的「象徵派論爭」。接著是一九五九年十一月到一九六〇年五月，言曦與余光中的「新詩閒話論爭」。最後是一九六一年五月到同年十一月，洛夫與余光中的「天狼星論爭」。整體而言，第一次與第四次是詩壇內部對於現代詩發展的路線之爭；第二次與第三次則是詩壇與外部（學院派、門外漢）對於「現代/傳統」的概念之爭。因此，真正引發臺灣社會廣泛討論或爭議者，是第三次「新詩閒話」論爭。當然，第三次論爭也是由前兩次論爭不斷積累所造成的大震動，其結果是確立了「現代詩」的合理性。而第四次論爭則可視為「現代詩」確立之後，詩壇內部對於現代詩路線發展的再確認。其結果就是現代詩在六〇年代開展出來的兩條路線：以洛夫為代表的「超現實主義」，以及由余光中代表的「新古典主義」。

一九五七年的「現代主義論爭」

一九五六年二月，紀弦以「領導新詩的再革命．推行新詩的現代化」作為口號，宣告「現代派的集團正式成立」，並發表〈現代派信條釋義〉，此即通常所謂「六大信條」：

第一條：我們是有所揚棄並發揚光大地包容了自波特萊爾以降一切新興詩派之精神與要素的現代派之一群。第二條：我們認為新詩乃是橫的移植，而非縱的繼承。第三條：詩的新大陸之探險，詩的處女地之開拓。第四條：知性之強調。第五條：追求詩的純粹性。第六條：愛國。反共。擁護自由與民主。

六大信條發表後，並沒有立即引起普遍的討論。時隔一年半之後，一九五七年八月三十一日，覃子豪在「中國詩人聯誼會」的例行會議上，突然當面交給紀弦一本新出的《藍星詩選．獅子星座號》，開篇即為〈新詩向何處去？〉，由此正式點燃了「新詩論戰」（又稱為「現代詩論戰」或「第一次現代詩論戰」）。

覃子豪主要反對的，是紀弦六大信條中的第一、第二與第四信條。針對第一信條，覃子豪引用了英國詩人史班德（Stephen Spender）的說法，認為「現代主義」已經死亡，「中國的現代主義者，欲得進步之名，反得落伍之實」。針對第二信條，覃子豪認為「橫的移植」將使新詩脫離社會生活，「其作品只能成為現代西洋詩的擬摹，或流於個人脫離現實生活的純空想的產物」。針對第四信條，覃子豪認為「詩能取悅人心，在於詩能給讀者以美的感應，抒情在詩中，是構成美的主要原因」。總括來看，覃子豪反覆強調的是「個人風格」、「時代精神」與「民族氣質」，這種以「社會生活」為根基的論點（覃子豪：詩的表現實在離開不了人生），具有鮮明的「現實論」色彩。對於覃子豪而言，文學反應現實，在這個基礎上所以新詩才能夠塑造「個人風格」、「時代精神」與「民族氣質」。

覃子豪提出〈新詩向何處去？〉之後，藍星的少壯派詩人余光中、黃用、羅門接續對現代派的攻擊。余光中翻譯史班德的文章〈現代主義運動已經沈寂〉，為覃子豪攻擊第一信條的基礎提供柴火。但是對余光中自己未來的現代詩路線來說，史班德論文更重要的一句話是：「現代主義者揚棄了太多的傳統，復讓自己孤立的個性的感受力承受了過重的負擔。」在後來的「天狼星論爭」中，余光中將更清楚地看出這一點「傳統」的意義。

黃用的文章〈從現代主義到新現代主義〉，同樣首先在呼應史班德的論點，卻又另闢蹊徑提出新的思路。黃用接受紀弦所主張的，六大信條是「新現代主義」或「後期現代主義」，但在此肯定的基礎上，黃用質疑說既然「超現實主義顯然是新現實主義的骨幹。超現實主義所企圖表現的是潛意識，而潛意識之傳達唯自動文字可以勝任」，那麼紀弦是否要提倡已經證明失敗的「自動寫作」？黃用對於紀弦的批評同樣著眼於第一信條，而且已經清楚地讓藍星站在超現實主義的對立面，卻把紀弦的現代派和超現實主義劃上等號。

羅門的文章〈論詩的理性與抒情〉則是引用紀弦的「抒情」詩作，反擊紀弦的「知性」論點。羅門認為：「抒情在任何藝術品中難於除去，所以紀弦先生圖革抒情的命題係自欺欺人了。……紀弦先生本人的詩大部分也都是含有抒情的。」

面對藍星的集團攻勢，紀弦密集地撰寫了大量的文章反擊。但是總括而言，紀弦反覆強調的只有一句話，那就是「我們是有所揚棄並發揚光大的」。紀弦〈從現代主義到新現代主義〉指出：「我們的現代主義是革新了的而不是因襲了的並尤其不是所謂世紀末的，去其病而發展其健康的，揚棄其消極的而取其積極的，即稱之為後期現代主義或新現代主義。」。針對黃用質疑的「自動寫作」，紀弦「大聲的喊起來」說自己「確實不是」超現實主義。關於「抒情與主知」的問題，紀弦認為自己反對的是「抒情主義」，而不是反對「抒情」。但與此同時，紀弦強調所謂「抒情」必須是「新的」，必須是一種「主知主義」的抒情，而非「抒情主義」之抒情。

相較於藍星詩社集結全體的力量攻擊紀弦，號稱有１０２人加盟的「現代派集團」，卻只有林亨泰一人挺身支持紀弦的主張。一九五八年林亨泰在《現代詩》刊上發表〈主知與主情〉、〈鹹味的詩〉兩篇短文，為「知性之強調」辯護。林亨泰認為「主知」與「抒情」並非比例、多寡的問題，而是「質的」優位與劣位的關係。林亨泰認為，紀弦的現代詩創作，就是「意志活動佔去了優位的」，就是「抒情的崩潰，也就是主知的抬頭」。

整體而言，藍星詩社主要攻擊的是紀弦的「第一信條」，其次則在批判「知性之強調」。這場由藍星發起的「現代主義論爭」大約在一九五八年底結束，其結果是藍星詩社取代了紀弦，掌握了現代詩壇的主導權。其具體表徵是一九五八年前期，余光中同時主編《公論報．藍星週刊》、《文星雜誌．地平線詩頁》，以及審稿夏濟安《文學雜誌》上的新詩。即便一九五八年八月《公論報．藍星週刊》停刊，十月余光中赴美進修，但是覃子豪接手了《文星雜誌》的新詩編務，夏菁則是幫忙繼續審查《文學雜誌》的新詩投稿。再加上藍星自身的刊物《藍星詩頁》、《藍星季刊》，應該可以說整個臺灣現代詩壇的話語權，在一九五九年已經牢牢掌握在藍星詩社的手裡。

一九五九年的「象徵派論爭」

一九五九年七月，任教於成功大學中文系的蘇雪林，在《自由青年》上發表〈新詩壇象徵派創始者李金髮〉，這是置於「文壇話舊」的系列專欄中，蘇雪林對於中國二、三〇年代作家的回憶與評述。如果依照過去蘇雪林一貫的寫法，這篇文章其實不會和臺灣現代詩的發展產生聯繫。但是文章的篇末，蘇雪林把當時的現代詩視為李金髮的「遺緒」，這就激起了覃子豪的反擊。

表面上看起來，蘇雪林與覃子豪在爭論的是兩個「文學史」的問題：一是臺灣現代詩對於法國象徵派詩人的理解和接受，另外一個則是對於中國新詩史的理解和接受。前一個問題是「橫的移植」，後一個問題則是「縱的繼承」，而且是對於五四新文學發展的繼承。

簡單來說，對於第一個問題，覃子豪的答覆是：「我們是有所揚棄並發揚光大的」，他的回答和紀弦沒有兩樣。對於第二個問題，覃子豪則是斷然拒絕了五四新文學的影響。覃子豪在〈簡論馬拉美、徐志摩、李金髮及其他〉說：「新月派和創造社是白話詩的超越，而現代派又是新月派和創造社的超越。臺灣目前的新詩，則又超越了現代派。」這種「線性進化」的文學史敘事模式的確立，是「象徵派論爭」更為重要的意義。

在與蘇雪林的論辯中，覃子豪有意識地迴避了使用紀弦主張的「現代詩」概念，卻反覆使用「現代的新詩」、「現代新詩」，或者「臺灣的新詩」、「臺灣目前的新詩」等詞彙，藉以和蘇雪林描述的五四新文學做出區隔，但事實上卻讓覃子豪自己的論點愈來愈接近紀弦。應該可以認為，「象徵派論爭」的結果是讓覃子豪的新詩論述轉向了「現代化」，最終讓藍星（包括余光中）承認並且接受了「臺灣的新詩」等於「現代詩」。

「象徵派論爭」的另一個重要的意義，是讓覃子豪的現實論「向內轉」，這個轉向更為重要地確立了戰後臺灣現代主義文學的整體風貌。覃子豪在與蘇雪林論戰的〈論象徵派與中國新詩〉中說：

> 臺灣目前的新詩，其趨勢是表現內在的世界。它在發掘人類生活的本質及其奧秘，而不是攝取浮光掠影的生活的現象。它已經超越了象徵派所追求的朦朧而神秘的境界，更

接近生活的真實。

現代文學表現「內在的真實」，而非只是反映「外在的現實」，這個觀點首先是一九五六年十月，由夏濟安〈評彭歌的「落月」兼論現代小說〉所提出，現在被覃子豪用以描述「臺灣的新詩」之特性，往後則將構成洛夫的超現實主義路線的核心。

因為「向內轉」事實上就意味著對個人內心、潛意識、以及超現實主義的肯定。到了一九六一年新詩論戰即將結束之際，覃子豪已經從超現實主義的反對者，搖身一變成為超現實主義的擁護者。覃子豪說：「在中國詩壇雖沒有人標榜超現實主義是中國現代詩唯一的路線，但中國的現代詩確在超現實主義中獲得了極大的啟示。」此時正在天狼星論爭之中，換句話說，覃子豪最後選擇支持的是創世紀的洛夫，而非藍星的余光中。

一九五九年「新詩閒話論爭」

在「象徵派論爭」的末尾，覃子豪還曾經於《自由青年》上，與署名「門外漢」的論者，爭辯過新詩「大眾化」的問題。但是這個問題真正全面的展開，是在一九五九年十一月開始的「新詩閒話論爭」。言曦（邱楠）是《中央日報》副刊的專欄作家，〈新詩閒話〉系列文章在代表國民黨官方的黨報上連載四天，當然引起了整個社會的關注，新詩論戰於是在一九六〇年初迅速地蔓延了開來。

言曦主要是站在中國「舊詩傳統」的基礎上，看待現代詩的發展。由此，言曦認為臺灣的新詩是「模擬法國象徵派的作品」，這個立場（如同蘇雪林）已經首先預設了現代詩就是「橫的移植」。站在「舊詩傳統」上的言曦，主要提出了兩個問題。首先是關於「詩是什麼？」這種本質上的提問。另外一個則是「大眾化」的問題，也就是詩如何被當代群眾所接受？在後一個問題上，言曦的立場非常鮮明：

詩如果不被讀者接受，則必有嚴重的偏失，應該檢討的是做詩的人，而不是讀者。詩必須回到大多數的讀者的身邊來，才能恢復自己的生命。詩必須是可以讀得懂的，而不是醉漢的夢囈；必須是在造句的習慣上可以通得過的，而不是鉛字的任意的排置；必須是具有韻律的可以擊節欣賞的詩句，而不是詰屈聱牙的散文的分列。

面對言曦輪番砲火的攻擊，挺身代表詩壇與之拮抗者，是一九五九年甫獲美國愛荷華大學藝術碩士，返國在師大任教的余光中。相對於在「現代主義論爭」中對紀弦的冷嘲熱諷，喝過洋墨水重新登場的余光中，已經完全蛻變成為「現代詩」的積極擁護者：

我們要告訴言曦先生的是，新詩的所以新，新詩的所以異於舊詩，在於整個價值觀念，整個美學原則的全面改變。我們決不把大眾化置於藝術化之上。我們不願把寫詩或讀詩當做發洩感情的方式；在感情的坦陳與理性的說明之上，我們更求潛意識的發掘，知性的冷靜觀察，以及對於自我存在的高度覺醒。我們要打破傳統的狹隘的美感，我們認為抽象美是最純粹的美，我們認為不合邏輯是美的邏輯。沒有把握到現代詩的精神，不足以言批評。

一九五九年底，余光中這篇反駁言曦的〈文化沙漠中多刺的仙人掌〉，簡直就是對一九五六年紀弦六大信條的改寫。余光中接受了「求新」（第三信條），肯定了「知性之強調」（第四信條），打破了「傳統的狹隘的美感」（第二信條），認為「抽象美是最純粹的美」（第五信條），甚至要求「潛意識的發掘」，必須把握「現代詩的精神」。如果用余光中後來的說法，這就是他的「現代主義痲疹」時期。

一九六〇年一月，掌握現代詩壇領導權的余光中，迅速在《文星》雜誌第二十七期組織了「詩的問題研究專號」。這個專號的主要作者有余光中、黃用、夏菁、覃子豪，換句話說，藍星詩社在《文星》再次集結，只是他們已經全部成為了「現代詩」的護法者，而將其矛頭指向了詩壇外部的言曦。一九六〇年一月八日，言曦在《中央日報》再次連載四天發表〈新詩餘談〉系列文章。此後各種關於新詩的意見紛沓而來，詩壇內外一片喧嚷。一九六〇年二月《創世紀》同樣組織了「詩論專輯」，試圖在紛亂的論戰中爭取到話語權或發言空間，但事實上此時的《創世紀》還不受重視。雖然前此，《創世紀》在一九五九年十月已經完成了「現代藝術」的轉向。

「新詩閒話論爭」的重要意義在於，藍星和創世紀都在這場論爭中完成了「新詩的現代化」。當初主張「新詩向何處去」的藍星，已經全面改用「現代詩」自我標舉；曾經高揚「新民族詩型」的創世紀，稍早也另立旗幟改宗「現代藝術」。此時的紀弦雖然被頭角崢嶸的新生代詩人拋諸腦後，但事實上六大信條的主張已經被現代詩壇普遍接受。因為連余光中都說：

> 時代已經進步到可以用火箭射向月球，而文學家卻在斤斤計較狹義的民族傳統，是很可笑的。我們的結論是：新詩是反傳統的，但不準備，而事實上也未與傳統脫節；新詩應該大量吸收西洋的影響，但其結果仍是中國人寫的新詩。

這樣的說法還是「有所揚棄並發揚光大」的變形，而且骨子裡承認的是「橫的移植，而非縱的繼承」。事實上，藍星在新詩論戰中從頭到尾沒有主張過「縱的繼承」，他們一貫地反對五四新文學傳統（余光中後來還說要「下五四的半旗」），並且揚言打破舊詩傳統「狹隘的美感」。

一九六一年「天狼星論爭」

余光中的再次轉向，是在接下來的「天狼星論爭」之中。一九六一年五月，余光中在《現代文學》第八期發表長篇組詩〈天狼星〉。同年七月，洛夫在《現代文學》第九期發表〈天狼星論〉，對余光中詩作展開全面的批判。洛夫所依據的美學價值，是存在主義的「虛無」。洛夫認為：余光中「並未完全脫出古典主義、自然主義、浪漫主義的範疇，現代化的嘗試也只是止於象徵主義。至於所謂發掘古典精神，其血統卻極不明顯。作者自認其『性靈中有一大半魔鬼的成分』，意即具有一種反抗文學傳統的叛逆精神。其實作者只是一個失敗的『叛徒』」。

簡而言之，洛夫想說的是〈天狼星〉只是一首「傳統詩」，而余光中並非合格的「現代詩」人。洛夫讓自己站在一個比余光中「更為現代」的位置，批判余光中的落伍、保守。換句話說，洛夫的〈天狼星論〉只是在藉由批判余光中，搶奪「現代詩」的話語權。從後來現代詩的發展來看，洛夫的策略顯然是成功的。經此一役之後，余光中被洛夫打落詩壇霸主的寶座，六〇年代臺灣現代詩的主導權，已經轉換成為創世紀的超現實主義。

一九六一年十月，余光中發表〈幼稚的「現代病」〉，要求詩人們「在澈底反傳統（或者被傳統澈底消滅）之前，多認識一點傳統」。這個觀點來自數年前他藉以反駁紀弦的史班德論文。余光中從現代主義的立場再次轉向，回歸傳統。同年十二月，余光中寫了著名的文章〈再見，虛無！〉告別了「洛夫式」的現代主義：

最後，我想表示，自由中國的大部份現代詩詩人以其驚人的高速與生命力，已經衝入一條死巷，面臨非變不可的階段了。如果說，只有達達主義與超現實主義才是現代詩的指南針，與此背向而馳的皆是傳統的路程；如果說，必須承認人是空虛而無意義才能寫現代詩，只有破碎的意象才是現代詩的意象，則我樂於向這種「現代詩」說再見。我不一定認為人是有意義的，我尤其不敢說我已經把握住人的意義，但是我堅信，尋找這種意義，正是許多作品最嚴肅的主題。虛無主義在尚未出發之前就已經全盤否定了此點，因此它只能在片段的時間中摸索片段的經驗。我懷疑許多現代詩人在嚷嚷虛無之餘，是否真正相信人是毫無意義的，而人的面目是不可辨認的？也許在表演完虛無的姿態之後，他們自己也會感到厭倦，因為一群人是不可能積極而熱烈地長久表演虛無的。

一九六二年，余光中在〈從古典詩到現代詩〉總結「天狼星論爭」後說：「自去年春天，我的〈天狼星〉長詩出版後，現代詩作者之間又展開了對內的自我檢討，因而分成兩種態度，一種是所謂澈底反傳統的，一種是要再認識傳統的。」這就是六〇年代臺灣現代詩的兩條路線，一條是以洛夫為代表的超現實主義，另外一條則是余光中的新古典主義。一九六四年余光中《蓮的聯想》出版，一九六五年洛夫《石室之死亡》印行，他們各自以其創作完成了理論的實踐。這兩本詩集或許就是新詩論戰最終的兩顆迥異的結果。

現代詩論戰：詩能不能揚棄傳統、擁抱現代？（1956-1957）

現代派主將紀弦提出的「六大信條」，明確提出新詩發展的新方向。他反對反共文學造成的教條式、口號式的陳腐詩歌，以引介西方詩歌的美學為藥方。另外，他也反對「抒情至上」的文學理念，強調詩的「知性」層面，不應過度耽溺於情感。其主張引發覃子豪、余光中、黃用等詩人的反彈，引爆了「現代詩論戰」。

◆來戰

紀弦：我們認為新詩乃是橫的移植，而非縱的繼承。

一九五六年，紀弦在自己主編的《現代詩》發表〈現代派的信條〉。這是一篇文學宣言，舉出「六大信條」，主張「現代詩」的新方向。這六大信條，是為了抗議一九五〇年代，臺灣詩壇陳腐的風氣而生的。當時新詩一方面繼承五四傳統，一方面主張反共，因此充滿口號、激情和詠嘆，且具有強烈的中國民族主義氣息。紀弦的「六大原則」，即是針對這些現象發表。比如強調詩要「知性」，就是反對當時詩壇氾濫的抒情筆法；強調「新詩乃是橫的移植，而非縱的繼承」，就是希望借助西方思潮來突破陳腐的傳統。然而，雖然許多新生代詩人都跟紀弦一樣，不滿意當時的詩壇。但他們認為，紀弦的主張過於激進，在若干論點上應該折衷一些，因此爆發「現代詩論戰」。

◆不服

覃子豪：中國的新詩是中國的，也是世界性的，惟其是世界性的，更要有自己獨特的風格。

在紀弦「六大信條」的主張中，「是橫的移植，不是縱的繼承」這個論點引起最多爭論。以「藍星詩社」為主體的詩人群，覃子豪、黃用、羅門、余光中等人撰寫多篇長文，與紀弦來回爭論。其中，最具代表性的當屬覃子豪的〈新詩向何處去？〉。

嚴格來說，覃子豪並未反對紀弦的所有論點，只是認為紀弦的主張太過激進。比如談到「是橫的移植，不是縱的繼承」，覃子豪同意向西方學習很重要，並未否定「橫的移植」。但他認為新詩終究反應了人的氣質、思想，所以不該一味學習他人，而要有自己的風格。如此一來，就不應該全盤否定「縱的繼承」，拒絕自己的民族文化、歷史。

值得注意的是，覃子豪與紀弦兩個陣營都是以「中國新詩的未來」為出發點，而忽略日治時期以降的本土新詩傳統。他們在爭論現代主義、現代詩時，並不曉得日治時期早已引進部分觀念；當他們討論是否繼承傳統時，也預設為「中國的傳統」，而未能考慮臺灣本土傳統。

無論如何，這場論戰大致確認「新詩」往西方取經、向現代主義靠攏的「現代詩」路線。就算雙方陣營對「現代詩」要持激進態度還是折衷各有看法，但都同意「現代詩」的革新訴求。這些詩人的創作，開啟戰後臺灣新詩的一波盛世。

一九七二年「現代詩論戰」

蔡明諺

七〇年代前期的現代詩論戰與臺灣社會內外政治局勢的變化緊密相關。一九七一年一月，留美學生發起保釣運動，呼喚中國民族主義，鼓動抗日思潮，一時之間風起雲湧。釣運最終左、右分裂，部分學生選擇投向中華人民共和國。同年十月，臺灣退出聯合國，「革新保臺」的政治思潮在島內逐漸擴展。一九七二年二月，尼克森訪問中國，中美兩國轉向關係正常化，並在二月二十七日簽署「上海公報」。隔日，一九七二年二月二十八日，關傑明的〈中國現代詩人的困境〉在高信疆主編的《中國時報》人間副刊「海外專欄」上發表。

關傑明當時任教於新加坡大學英文系，〈中國現代詩人的困境〉是以英文寫就，再由龍族詩社的景翔翻譯成中文登載。關傑明考慮的困境主要在兩個層面。首先是已經「西化」了的現代詩（橫的移植），如何面對（而非繼承）傳統，甚至是「融入」傳統的問題。這是一個典型的艾略特式的思路，關傑明只是把〈傳統與個人才能〉置換成「傳統與臺灣現代詩」而已。關傑明認為臺灣現代詩在「面對/融入」中國文學傳統時，已經陷入進退兩難的困境。

關傑明指出的第二個困境，是臺灣現代詩「過份西化」的問題，而且是「美國化」、「美利堅化」。關傑明對於這個困境的描述，顯得更為嚴厲：

最近出版的一本題名「中國現代詩論選」的評論集，不論其成績如何，至少記錄了一些今日中國現代詩人的態度：由社會批評的觀點來看，這本書是「文學殖民地主義」的產品：由美學的觀點來看，那只是一批人事先商量好一起玩的一套文學上的障眼法。而由這兩個觀點同時看來，那些評論只在中國讀者和這些詩人兼評論家之間建立起一種形同威脅的關係。

關傑明對於臺灣現代詩的批判，真正關鍵是在揭示這樣一層「文化殖民」的處境。關傑明帶有後殖民批判的眼光，深刻揭露了美國文化在戰後臺灣社會的新殖民主義。但是此時關傑明的文章，並沒有在臺灣社會引起太多的關注。此時所有人的注意力都在尼克森訪問北京的震撼上。

一九七二年三月，葉珊（楊牧）主編的《現代文學》「現代詩回顧專號」出版，這是對一九五六年以來的現代詩運動，比較重要的一次總結。這個專輯確立了「現代詩、藍星、創世紀」三大詩社的文學史地位，也開啟了文壇內部對於現代詩發展的反省與批評。在這個專輯的籌劃過程中，主編葉珊收到了兩篇對現代詩提出批評的文章，但是其中一篇被葉珊捨棄，另一篇則通過審核獲得刊登。在此時被捨棄的文章，將在一年半後重新出土發表，那就是唐文標引發震動的長文〈詩的沒落〉。而在此時獲得刊登的文章，則是臺大外文系顏元叔撰寫的〈對於中國現代詩的幾點淺見〉，顏元叔對於現代詩的形式、意象、語言等問題，提出了全面而且深刻的反省。顏元叔說：「（現代詩）有佳句而無佳篇」、「現代詩所使用的是一種『假文言』或『假白話』——因為它既非文言也非白話，於兩者皆可以說是『假』的」、「我懷疑若干詩人之談死亡，是否乃時髦感染之後果，以為只要提起死亡，詩便自然獲得了哲理的深度與情感的撞擊力」。這是顏元叔第一次直接對現代詩（並且是針對超現實主義）展開批評。

一九七二年六月，顏元叔創辦《中外文學》，並在創刊號上發表〈細讀洛夫的兩首詩〉。藉由「新批評」的「細讀」方法，顏元叔認為洛夫詩作中「這些意象語以及這些命意措辭，使我們覺得洛夫是任情的，武斷的，根本不考慮描寫方式與對象間的相關性。所以，我認為在『西貢詩抄』的時代，洛夫是受了超現實主義之害，或者說他誤解了超現實主義」。顏元叔認為：「洛夫的詩有才氣，有魄力；語言的運籌顯得大膽，刻意創新」。但是洛夫的缺憾，在於結構：「結構崩潰，是洛夫詩篇中常有的現象」。

顏元叔對洛夫的「細讀」，其評價並沒有離開現代詩回顧專號上的「淺見」。但是〈細讀洛夫的兩首詩〉刊出後，在現代詩壇內部（或者可以說是創世紀詩社）直接引燃了激烈的戰火，也正式拉起了現代詩論戰的大幕。顏元叔後來以〈颱風季〉描述「細讀」發表之後的震動。

一九七二年九月十日，關傑明的第二篇文章〈中國現代詩的幻境〉，由景翔、申健群翻譯後，再次登載於高信疆主編的《中國時報》人間副刊「海外專欄」。同年十月，關傑明文章的英文原件"Modernism and Tradition in Some Recent Chinese Verse"，發表於顏元叔主編的《淡江評論》。關傑明真正引起臺灣文壇矚目的是〈中國現代詩的幻境〉，但這篇文章的問題是，其中文翻譯的語氣尖銳、強硬，對於臺灣現代詩人充滿譏諷，但是其英文原件完全讀不到類似的字句。而與前一篇文章接續的是，關傑明討論的核心仍在現代詩「美利堅化」的困境。

一九七二年十一月，史君美在《中外文學》上發表〈先檢討我們自己吧〉，呼籲「讓我們來接收關傑明的挑戰」，「我們希望有良心的作家們，自我檢討，自我批評，希望他們能撕破或被文字埋葬了的社會意識，或被教育僵冷了的他們原有的社會關心。走出他們違章建築只合一人居的藝術黑房，希望他們問問，他們是什麼時代、什麼地方、什麼樣的人！」史君美就是唐文標的筆名，這是唐文標在現代詩論戰中的首次登場。

一九七三年初，對於現代詩的檢討已經蔓延到整個臺灣社會，並且擴及到對現代主義小說的批判，甚至形成整體的對於現代主義文學的否定。一九七三年的春夏之際，與現代詩論戰的烽火同時並舉的，是對王文興小說《家變》的聲討。這些紛雜的對於「全盤西化」或者「反傳統」的批評，其背後的主要依據都是在「回歸現實」思潮底下，七〇年代風起雲湧的「中國民族主義」。

一九七三年六月，顏元叔在《中外文學》上發表〈期待一種文學〉，認為當時臺灣的文學「普遍缺乏時代之反映，缺乏當代的社會意識」，因此主張提倡「社會意識文學」，這個概念同樣是「回歸現實」思潮的湧現。但與此同時，洛夫在《人與社會》上發表〈略論「民族性」「詩的語言」及「時代性」〉，指陳有人在提倡社會主義與普羅思想，開始著手把文學論戰導入政治意識形態鬥爭。

一九七三年七月，高信疆主編的《龍族》詩刊「評論專號」出版，這個專號真正把現代詩論戰的波動，由詩壇內部向外擴散到整個臺灣社會。這本共計354頁的現代詩專號，總共收錄了52篇文章（包括導言），96人的訪談記錄，和4篇書簡。這本專號匯集了余光中〈現代詩怎麼變？〉，顏元叔〈迷信與囈語〉，關傑明〈再談中國現代詩〉，唐文標〈什麼時代什麼地方什麼人〉，李國偉〈社會的良心〉等現代詩論戰當中最為重要的批評家。

但「評論專號」更大的亮點，是收錄了96人的訪問記。這個大型的「普查工作」，是要「自我們同時代的生活背景中，求取詩與社會的實質驗證」。因此從大學教授到市井小民，包含農民、水電工、理髮師、計程車司機，全部都成為高信疆的受訪者。高信疆要讓社會的底層說話，呈現一般民眾對於現代詩的看法。這個採訪工作本身就是在挑戰長期以來現代詩「反大眾化」的傾向，同時也是高信疆「走向民間」理念的具體實踐。

高信疆主編的《龍族》評論專號，一舉把現代詩論戰推向了高峰。而此時站在這個高峰上最引人注目的人物，無疑就是即將離臺返美的臺大數學系客座教授唐文標。一九七三年七月，唐文標發表〈什麼時代什麼地方什麼人：論傳統詩與現代詩〉於《龍族》評論專號。八月，發表〈詩的沒落：香港臺灣新詩的歷史批判〉於《文季》創刊號；同時發表〈僵斃的現代詩〉於《中外文學》。九月發表〈日之夕已：獻給年輕朋友的自我批評〉於《中外文學》。十月，顏元叔總結以上四篇文章，稱之為「唐文標事件」。

唐文標用以批評臺灣現代詩的基礎，是中國古典詩的「傳統」。這一點他和言曦、關傑明的所採取的途徑看似並無差異，但是他們背後對傳統的詮釋卻截然不同。唐文標後來曾自己申辯說，他的「批評是很保守的，很中國傳統的『文以載道』派」。

如果以唐文標事件開端的〈什麼時代什麼地方什麼人〉一文為例，可以知道唐文標高舉的傳統是「詩經」與「楚辭」，因為其「紮根在最深的現實生活中」。唐文標認為「傳統詩理論其實是主張詩和時代相關的」，「詩人承擔了時代的挑戰，活生的要在人群裡一起工作，然後才能忠實地反映了現實的苦樂」。據此，唐文標呼籲要「恢復詩經和楚辭的真傳統」。

相對而言，唐文標認為臺灣現代詩人所謂的傳統，是「頹廢的傳統」，是「錯誤的舊詩觀」。他列舉了三個詩人作為代表：周夢蝶是傳統詩的固體化，葉珊是傳統詩的氣體化，余光中是傳統詩的液體化。對於唐文標來說，這三種類型的現代詩都是「利用傳統來逃避現實」。由這些論點中可以清楚地感受到，唐文標所描述的「傳統」，是一個以現實、時代、社會、群眾、勞動為關鍵字所構築起來的「傳統」。

一九七三年十月，顏元叔在〈唐文標事件〉中總結認為，唐文標密集發表的「這四篇文章有一個共同的觀點：詩須有社會性的功能，詩必須為群眾服務；現代詩脫離了社會與群眾，因此現代詩已經僵斃」。顏元叔認為：「唐文標的文學觀大抵可說是社會功利主義」，「唐文標是從社會看文學，而非從文學看社會，因此他的觀點背後有一些先行的肯定：譬如，平民優於貴族，群眾優於個人，農工優於知識份子，多數壓倒少數，重人頭不重頭腦：這是搞社會運動搞群眾運動心理者的看家本領，唐文標卻拿來應用在文學裡」。這就是顏元叔對唐文標最嚴厲的批評。如果再往前一步，顏元叔就要觸及「階級意識」了。但是顏元叔「就此擱筆」，他始終謹慎而敏銳地把對唐文標的批判框限在「文學批評」裡，而沒有擴展到政治意識形態。

但是在〈唐文標事件〉發表之後，現代詩論戰迅速地轉變成為對唐文標的人身攻訐，以及政治意識形態的批判。一九七三年十一月，余光中發表〈詩人何罪？〉，指責唐文標是「幼稚而武斷的左傾文學觀」。一九七四年六月，楊牧在《中外文學》詩專號上發表〈致余光中書〉，嘲諷數學博士是「冒充普羅的小丑罷了」。同年七月，洛夫在《創世紀》詩論專號上，發表社論〈請為中國詩壇保留一份純淨〉，嚴詞批評唐文標「一切價值判斷都建立在唯物論與社會主義上，而他批評詩人所採取的手段是鬥爭性的，他企圖以『赤色先鋒』的姿態，在臺灣這片自由純淨的園地上灑播普羅文學思想的毒粉」。由此，現代詩論戰實際上已經被現代詩人完全導向政治意識形態鬥爭，而失去了文學討論的可能。

雖然現代詩人的「政治性」操作，壓制了現代詩「回歸現實」的討論，並因此讓現代詩論戰大約在一九七四年的夏季終結。但是現代詩論戰所引起的議題，例如文學反映現實，文學與社會、群眾的關係，文學的語言，文學的時代性，文學的功能等等，這些概念都被涵蓋在一九七四年一個突然崛起的新詞彙裡，那就是「鄉土文學」。不久之後，現代詩論戰被生生遏止的討論都將再次被重新提起，並掀起一股更龐大的訴求文學與政治「回歸現實」的浪潮，那就是一九七七年的「鄉土文學論戰」。

關唐事件：詩該不該離開幻境、回歸現實？（1972-1974）

一九七〇年代，臺灣國際處境孤立，知識份子開始有「回歸現實」的浪潮。學者批判「現代詩」過於西化，要求詩歌回歸民族、反映時代。值得注意的是，此處的「民族」指的是中國；這是一種對抗西方的中國民族主義。引發此一論戰的學者是唐文標和關傑明，因此被稱為「關唐事件」。另一方面，詩人們大多認為「關唐」強調現實、忽略文學美感，並且批評他們不夠了解臺灣新詩的發展，是以社會運動的標準來要求文學運動。

來戰

唐文標：其實他們不過是新一代的文化買辦而已。憑藉外文能力的高牆、理論的洋化，於是便可以向中國大販工業時代的文學鴉片了。

一九七〇年代，臺灣遭逢外交困境。美、日陸續斷交，不承認中華民國。在這種背景下，作家們開始檢討「現代詩」過於西化、脫離現實的作風，終致爆發「關唐事件」。

「關」指關傑明，「唐」指唐文標。這兩人連續發表多篇批判現代詩的文章，震動整個詩壇。兩人論點不盡相同，但大方向是一致的：為何「中國的新詩」沒有「中國的樣子」？

為何新詩要模仿西方的樣貌？當新詩變得晦澀、難解、脫離讀者之後，這樣的詩還有什麼意義？筆鋒走至極處，唐文標甚至否定過去二十多年，臺灣現代詩的所有成果。這樣的激進主張，自然也招致詩人們的猛烈反擊。

◆不服

顏元叔：他們以為只有社會，沒有家庭；只有群眾，沒有個人；只有上意識，沒有下意識；只有述眾人之事，沒有抒個人之情；只有「怒髮衝冠」，沒有「淚濕青衫」。

這場論戰綿延三年，參戰者眾，風向也來回變換多次。由於關傑明是任教於新加坡的英文系教授，唐文標是數學系教授，因此早期許多反駁帶有「資格論」味道：某些詩人質疑，依照他們的背景，他們真的了解「『中國』的『新詩』」嗎？

這種訴諸資格、無法正面迎戰的回應方式，自然無法解決外界的質疑，於是這場論戰越燒越烈。然而，唐文標後續發表若干徹底否定現代詩的理論，卻又引起眾怒，使得風向再度轉變。

其中，最有代表性的當屬顏元叔。在關傑明最初挑戰現代詩時，顏元叔是支持關的；

但當唐文標言論過激之後，顏元叔便發表〈唐文標事件〉來反駁唐。顏元叔認為，唐文標「是從社會看文學，而不是從文學看社會」，用社會運動的邏輯來要求文學運動，這樣的批評對新詩並不公平。

在幾番論戰後，臺灣詩壇再次修正路線，「回歸民族，反映時代」的意識漸漸成為主流，不再堅持現代主義。即便是反對關、唐二人論點的詩人，也基本同意他們掀起的論戰影響了後續的新詩創作。而這場論戰未竟的論點，更延續到接下來的「鄉土文學論戰」。

一九七七—一九八一

戰鄉土

「邊疆文學」論：臺灣可以不是中國嗎？

詹宏志：如果三百年後有人在他中國文學史的末章，要以一百字來描寫這卅年的我們，他將會怎麼形容，提及那幾個名字？……這一切，在將來，都只能算是邊疆文學。

鄉土文學論戰：「左、右、統、獨」大會戰

朱西甯：在這片曾被日本佔據經營了半個世紀的鄉土，其對民族文化的忠誠度和精純度如何？

余光中：說真話的時候已經來到。不見狼而叫「狼來了」，是自擾。見狼而不叫「狼來了」，是膽怯。問題不在帽子，在頭。如果帽子合頭，就不叫「戴帽子」，叫「

還先檢查檢查自己的頭吧。

葉石濤：儘管我們的鄉土文學不受膚色和語言的束縛，但是臺灣的鄉土文學應該有一個前提條件；那便是臺灣的鄉土文學應該是以「臺灣為中心」寫出來的作品；換言之，它應該是站在臺灣立場上來透視整個世界文學的作品。

尉天驄：我們關心我們的現實，寫我們的現實，這就是鄉土文學。他最主要的一點，便是反買辦、反崇洋媚外、反分裂的地方主義。

胡秋原：如果有人報告「狼來了」，也要看看，找內行人來看看，是否真狼，也許只是一隻小山鹿呢？……我以為在文藝上最好政策就是遵守憲法規定，同時供給作家以便利，鼓勵愛國反共作品，聽其自由競爭與辯論。政府參與文學論爭，將成為笑談，若揚洋流而抑土派，尤愚不可及。

臺灣是臺灣的鄉土，還是中國的邊疆？

長久以來，「臺灣文學」都棲身在「中國文學的一支」底下。漸漸地，有人開始自問：我們為什麼要當別人的一支？我們難道不能是我們自己嗎？

在漫長的戒嚴時代，「臺灣文學」曾經是一個禁忌語彙，主張它的獨立性就可能遭致政治打壓。一九七〇年代的「鄉土文學論戰」從「文學是否應該關注現實」開始，卻也意外將「臺灣文學」的問題拉上檯面，啟動了後續的「邊疆文學論戰」、「臺灣意識論戰」。臺灣文學究竟可以是什麼？它與中國的關係如何定位？「橋副刊論戰」曾經熱烈討論過、卻沒能解決的議題，於一九七〇年代到一九八〇年代破土而出，重新躍上文學論戰的擂台。

文學・藝術

臺灣鄉土文學史導論

葉石濤

臺灣的特性和中國的普遍性

「臺灣鄉土文學」的意義

帝國主義和封建主義下的臺灣

龍瑛宗、王昶雄、郭水潭、葉石濤、劉捷合影（右圖）

葉石濤〈臺灣鄉土文學史導論〉（左圖）

刊於《夏潮》14 期，正值一九七七年鄉土文學論戰初期。葉石濤在文中提出「臺灣意識」，認為鄉土文學應是以「臺灣為中心」，是「站在臺灣的立場上來透視整個世界的作品」。這「鄉土」即是「臺灣」的立場，為日後臺灣文學發展推進巨大的一步。

轉動歷史的一場文學論戰：一九七〇年代臺灣鄉土文學

詹閔旭

這一篇文章介紹一九七〇年代臺灣鄉土文學論戰的發展歷程、論爭重點、歷史定位，以及這一場論戰對臺灣文學的意義。介紹這一場論戰不是一件容易的事，一來臺灣鄉土文學論戰盤根錯節，恐怕難以詳述；二來，對我來說，一九七〇年代臺灣鄉土文學論戰是臺灣史上最重要的一場文學論戰，沒有之一。如何適切地評價這一場論戰，更是難上加難。

文學論戰在吵甚麼？

說明一九七〇年代臺灣鄉土文學的重要性之前，我想繞個圈子，解釋文學論戰的意義。文學論戰有什麼好吵的？首先，文學論戰由作家、評論家或相關人員針對文學創作的美學形式、認可機制運作、文學社群衝突、創作倫理等進行論辯，通常屬於文學社群內部的烽火。比方說，翻開臺灣文學史，我們可見到關於散文創作的真實與虛構、互文與抄襲的界線、又或是文壇大老是否把持文壇權力樞紐的各種大大小小文學論戰。儘管這些文學論戰總是硝煙四起、流彈四射，文學論戰其實與社會大眾日常生活的距離遙遠。在這個面向上，文學論戰的意義是：讓文壇批判性反省文學的既有內涵、表現手法和場域內部運行法則，從中藉此尋求文學的未來。

不過，在全世界許多經歷殖民或外來強權統治的國家，文學論戰有另一層更加深刻的意義。如果我們同意文學是國家文化資產之一，諸如莎士比亞戲劇是英國文化根基，川端康成的小說匯集日本國民美學之大成，那麼殖民地文學同樣是形塑新興國家文化不可或缺的在地文化記憶。從這個角度來看，文學論戰不再侷限於「文學社群內部」，而成為了國家認同、意識形態、民族文化語言和記憶的角力場，牽涉到整體社會對於「國家文學」內涵的思考。此時，一場文學論戰所企圖展開的不再只是「文學的未來」，而是「國家的未來」。這是文學論戰的第二層意義。

一九七〇年代的臺灣鄉土文學論戰正是一場同時思考「文學的未來」，同時也觸及「國家的未來」的文學論戰。這是我們為何需要認識這一場論戰的關鍵因素。

一九七〇年代臺灣鄉土文學論戰的發展歷程

一九七〇年代臺灣鄉土文學論戰始於一九七七年四月。這一場論戰的緣起與一九七〇年代初期臺灣所經歷的一連串外交挫敗（保釣運動、臺美斷交、臺日斷交，臺灣退出聯合國等）息息相關。旅日學者陳正醍在〈臺灣的鄉土文學論戰（1977-1978）〉這一篇經典文章，言簡意賅地帶領讀者重返臺灣鄉土文學論戰的時代氛圍：

在七〇年代初期的思潮中，年輕世代之間產生的民族意識和社會意識，特別是其中的反帝國主義和反資本主義的意識，不論從它對包括鄉土文學在內的文學創作以及文學思想的影響方面來看，還是從它做為社會經濟思想的內容方面來看，都和鄉土文學論戰有直接的關聯（頁138）。

陳正醍清楚點出，反帝國主義和反資本主義意識，是促成臺灣鄉土文學論戰的重大歷史背景。臺灣在一九五〇年納入全球冷戰時期以美國為首的自由陣營，導致戰後世代從小在美援社會背景和西方文化薰陶下養成，不自覺流露對西方文化的憧憬。一九六〇年代引進西方現代派技巧的小說家白先勇、王文興、陳若曦等是顯著例子。然而，隨著一九七〇年代臺灣的國際空間越來越縮限，民間掀起一股反美日、反帝國，同時轉而重新關注臺灣鄉土現實的聲浪。

而在文學場域，情況也非常類似。尉天驄主編的《文學季刊》吸引如姚一葦、陳映真、劉大任、施叔青、黃春明、七等生等一票優秀作家。《文學季刊》作家群擁抱素樸、直白、有力量的現實主義信條，撰寫以鄉土為場景的文學作品，同時撰文批評現代派作品過於晦澀、難懂，未能反映臺灣真實社會樣貌。事實上，在鄉土文學論戰開始之前，《文學季刊》作家群早已在透過文學創作思考「鄉土」的再現。

一九七七年四月號由王健壯主編的《仙人掌雜誌》同時刊登王拓、銀正雄及朱西甯三人的文章。王拓的〈是「現實主義」文學，不是「鄉土文學」〉奠定鄉土派支持者的論述根基，值得留意。這篇文章主張鄉土文學作家的描寫對象早已跳脫懷舊式農村書寫，黃春明〈莎喲娜拉．再見〉、王禎和〈小林來臺北〉這些作品之所以觸動人心，源自平實直白的文字徹底暴露出臺灣急速都市化所造就的生活悲歌，反映社會過度向西方資本主義靠攏的困境。相形之下，反鄉土派陣營銀正雄的〈墳地裡哪來的鐘聲?從王拓的一篇小說談起，兼為「鄉土文學」把脈〉則為政府辯護，批判王拓惡意暴露社會黑暗面，藉此傳遞不正確的價值觀。

這一期《仙人掌雜誌》讓鄉土派與反鄉土派論述同台較量，終於全面引燃戰火，揭開臺灣鄉土文學論戰序幕。緊接著，彭歌、葉石濤、陳映真、余光中相繼撰文，一方面闡述各自理念，另一方面也批判對方陣營的意識形態，讓論戰規模越演越烈。為了避免局勢惡化，政府在一九七八年一月出面召開「國軍文藝大會」，由國防部總政戰部主任王昇把鄉土之愛定調為國家之愛、民族之愛，論戰才告一段落。

儘管鄉土文學論戰因為官方介入而強制結束，臺灣社會對於「鄉土」的思索並未就此止步。這一場論戰發生時，論戰各方並沒有把國家認同、族群邊界或本土意識當作核心議題。然而，到了一九八〇年代初期，臺灣意識與中國意識的辯論，讓臺灣走進二元對立的國族認同、文化記憶與意識形態的座標。在本土論述框架下，「鄉土文學」成為「臺灣文學」的前身。一九七〇年代臺灣鄉土文學論戰也被重新理解為戰後臺灣民族主義認同再度凝聚的關鍵場景。

二十年、三十年、四十年過去了，鄉土文學論戰成為記憶的歧路，甚至已是我們理解當代臺灣面貌的起點。

對臺灣文學的意義

談完臺灣鄉土文學論戰的社會意義，最後打算說明這一場論戰對臺灣文學的意義。受到戰後政府文藝政策影響，「懷鄉」與「反共」是一九五〇年代臺灣文壇創作主流，作家透過文字構築神州大陸幻夢。一九六〇年代大受年輕一輩創作者歡迎的現代主義，專注耘普世性議題，往往遠離作家腳下這一片土地。因此，儘管少數作家在一九六〇年代中期後嘗試以鄉土為書寫題材，但「鄉土」向來不是戰後臺灣文學的核心關懷。

此現象到一九七〇年代之後，才逐漸有了轉變契機。即使政府片面結束這一場論戰，鄉土文學論戰仍留下許多珍貴的資產。由於一九七〇年代鄉土文學與臺灣鄉土文學論戰的影響深遠，簡要說明如下：

一、開啟以臺灣鄉土為創作題材或背景的作品，尤其是一九九〇年代各縣市地方文學獎崛起之後，鄉土書寫更為普及與深刻。

二、鄉土文學嘗試融入臺語、客語等駁雜的在地語言，挑戰戰後獨尊國語的語言政策，不但勾勒出臺灣文學的多語面貌，展現臺灣鄉土文學的形式美學；與此同時也帶動一九八〇年代母語書寫的創作趨勢。

三、戰後臺灣高壓政治環境讓文學創作往往不敢觸及現實。但是，鄉土文學論戰具體揭示城鄉差距、農村凋敝、人口不均質移動等長期遭到隱藏的議題，無疑替1980年代一連串訴求環保、勞權、女權或原住民自覺的反建制文學打下基礎。

四、臺灣鄉土文學論戰不只面向臺灣在地現實，亦同時兼具國際視野。臺灣鄉土文學論戰對於跨國資本主義的批判性反省，呼應一九九〇年代全球化、新自由主義、跨國主義、在地想像的相關討論。

五、自日治時期以來，臺灣文學傾向連結西方文學傳統。臺灣鄉土文學論戰對於帝國主義的反思，讓臺灣文學得以與全球同樣為處帝國邊緣的第三世界文學創作，產生進一步對話空間。

上述五點其實無法道盡這一場論戰對臺灣文學的意義，但我希望藉此拋磚引玉。

一九七〇年代臺灣鄉土文學論戰時常被視為政治意識形態的對壘，反而忽略這一場論戰對臺灣文學場域留下的影響。綜合來說，臺灣鄉土文學論戰對於「鄉土」的思索，對於現實的關注，牽引出日後重新勾勒「國家的未來」的藍圖，同時也開啟臺灣文學的新語言、新主題、新連結，賦予「文學的未來」。一九七〇年代臺灣鄉土文學論戰是一場轉動歷史的文學論戰，正是在過去與未來的交織共構，不斷反覆辯證下，成為一場永不止歇的論戰。

戒嚴時期，官方立場較為親密的文人，主要是「反共文學」及「現代主義」兩個系統。他們的文學觀點有很大的差別，但同樣對於描寫臺灣現實社會的「鄉土文學」有很強的敵意。「反共文學」不喜歡「描寫臺灣」，「現代主義」不喜歡「描寫現實」，兩造一拍即合，合力攻擊一九七〇年代逐漸興盛的「鄉土文學」，遂引爆了「鄉土文學論戰」。

◆來戰

朱西甯：在這片曾被日本佔據經營了半個世紀的鄉土，其對民族文化的忠誠度和精純度如何？

余光中：說真話的時候已經來到。不見狼而叫「狼來了」，是自擾。見狼而不叫「狼來了」，是膽怯。問題不在帽子，在頭。如果帽子合頭，就不叫「戴帽子」，叫「抓頭」。在大嚷「戴帽子」之前，那些「工農兵文藝工作者」，還先檢查檢查自己的頭吧。

在「回歸現實」的思潮下，一九七〇年代漸漸以描寫現實、思考社會問題的「鄉土文學」為主流。相對的，親官方的「反共文學」陣營，與主張西化的「現代主義」陣營，都開始向「鄉土文學」發起挑戰，於是爆發一九七七年的「鄉土文學論戰」。

這次論戰以親官方的銀正雄、朱西甯、彭歌、余光中的作家為攻擊主力，發文批判鄉土文學。

他們批判的路徑大致有二，一是指責鄉土文學是「工農兵文學」，有「為匪宣傳」的嫌疑，如余光中的〈狼來了〉。二是指責鄉土文學的「地方主義」、「分裂主義」傾向，有臺獨的嫌疑，如朱西甯質疑臺灣人：「忠誠度和精純度如何？」而余光中在文章中威脅對手「檢查自己的頭」，也引起文壇譁然，至今仍有許多作家不能諒解。

因此，「鄉土文學論戰」雖是文學論戰，實際上也是政治、社會性質的論戰。「要不要寫鄉土」、「什麼是鄉土」的質問，背後帶有森然的政治拷問：你是不是反對政府？一場肅殺的政治風暴直撲文壇而來。

◆不服

葉石濤：僅管我們的鄉土文學不受膚色和語言的束縛，但是臺灣的鄉土文學應該有一個前提條件；那便是臺灣的鄉土文學應該是以「臺灣為中心」寫出來的作品；換言之，它應該是站在臺灣立場上來透視整個世界文學的作品。

論戰初期，葉石濤便發表〈臺灣鄉土文學史導論〉。葉石濤代表的是本土派陣營，但在當時壓迫的氛圍中，尚不能完全舉起臺灣獨立的大旗。

但是，這篇文章用「臺灣意識」、「以臺灣為中心」、「站在臺灣的立場」來講「鄉土文學」。在這個立場裡，「鄉土」就是「臺灣」，因此「鄉土文學」的概念，實際意涵就是「臺灣文學」。儘管概念迂迴，但在戒嚴時期，已是冒險踏出的一步。

整體來說，本土陣營在「鄉土文學論戰」中較為低調，發文數量不多。但葉石濤這篇文章開啟先聲，也預示一九八〇年代、一九九〇年代「臺灣文學」崛起的浪潮。

◆不服

尉天驄：我們關心我們的現實，寫我們的現實，這就是鄉土文學。他最主要的一點，便是反買辦、反崇洋媚外、反分裂的地方主義。

受到官方立場攻擊最兇的，是以王拓、陳映真、尉天驄等作家為首的「鄉土文學作家」陣營。這一陣營多少帶有左派立場，因此在官方作家的抹紅戰術下，也是壓力最大的一群。

其中，陳映真才從政治牢獄中，被放出來兩年，就冒著風險站上前線。他一方面以〈建立民族文學的風格〉，反駁余光中、彭歌等親官方作家的說法，主張回歸現實、反對西化；另一方面，他又以〈「鄉土文學」的盲點〉反駁葉石濤，反對葉石濤的「臺灣文學」意圖。

這便是「鄉土文學論戰」複雜之處。雖然論戰表面上是「官方攻擊民間」，但實際上，民間作家也有各自的立場。在面對官方的右派觀點時，左派共同力挺「鄉土文學」的旗幟；但若進一步追問「是哪一個鄉土？」同是左派的陣營，便產生「統派」陳映真與「獨派」葉石濤之分。

不服

胡秋原：如果有人報告「狼來了」，也要看看，找內行人來看看，是否真狼，也許只是一隻小山鹿呢？……我以為在文藝上最好政策就是遵守憲法規定，同時供給作家以便利，鼓勵愛國反共作品，聽其自由競爭與辯論。政府參與文學論爭，將成為笑談，若揚洋流而抑土派，尤愚不可及。

「鄉土文學論戰」挑動左、右、統、獨各種敏感話題，但最終卻奇蹟地，沒有遭遇政府大規模清算。一般認為是國民黨內部的開明文人介入，踩了煞車之故。

其中，任卓宣以「三民主義」的用詞包裝鄉土文學，向官方闡明「此工農兵非彼工農兵」。而胡秋原也以其自由主義立場，主張政府無須介入文學論爭。他們都是黨國資歷深厚的文人，黨內份量不小。因此，他們雖非文壇中人，卻成功以政治份量保護了文壇。

最終，官方下令終止這場論戰，但也沒有逮補任何參戰作家。而這看似嘎然而止的論戰，卻為解嚴前後百花齊放的文學盛景蓄積了能量。從後見之明來看，這不但是「反共文學」徹底破滅的最後一戰，也是「（各種）鄉土文學」掙脫束縛的一戰。

文學論戰的統獨之爭：「邊疆文學」論戰

朱宥勳

無意識流露的「邊疆文學論」

一九八一年一月，詹宏志於《書評書目》雜誌上發表了〈兩種文學心靈——評兩篇聯合報小說獎得獎作品〉，不期然引爆了一場論戰。綜觀全篇，此文確實如副題所說，主要是在比較兩篇一九八〇年的「聯合報小說獎」得獎作品，並且從而延伸出他的小說觀點。但此文之所以引爆論戰，卻不在具體分析小說文本之處，而在文章開頭的一段感嘆：

有時候我很憂心，杞憂著我們卅年來的文學努力會不會成為一種徒然的浪費？如果三百年後有人在他中國文學史的末章，要以一百字來描寫這卅年的我們，他將會怎麼形容，提及那幾個名字？

小說家東年曾經對我說：「這一切，在將來，都只能算是邊疆文學。」

邊疆文學。這一辭深深撼動了我，那意味著遠離了中國的中心，遠離了中國人的問題與情感，充滿異國情調，只提供浪漫夢幻與遐思的材料……

在這短短三段中提及的「邊疆文學」一詞，雖然未在後續篇幅深化論述，卻強烈刺激了本土派文學陣營，而引出了一批討論。詹宏志引述東年用語將臺灣文學形容為「邊疆文學」，並且推想未來三百年後，「臺灣文學」在「中國文學史」之上恐怕只有邊緣的戲份，固然有其長遠的哀傷；但對於彼時正在崛起的、力圖使「臺灣文學」掙脫「中國文學」框架，在文學上「獨立」的本土派文學陣營來說，這種悲觀卻是大可不必。為什麼一定要依附中國文學，而不能創建自己的臺灣文學系統呢？於是，葉石濤、李喬、宋澤萊、高天生等作家陸續回應此論，深化了「臺灣文學」這一詞的定位與意涵，特別是重中之重的問題意識：「臺灣文學與中國文學是何關係？」

有趣的是，從〈兩種文學心靈〉的文章結構來看，詹宏志並沒有提出一套「邊疆文學論」的意圖。他毋寧是將「臺灣是中國的邊疆，故臺灣文學是中國的邊疆文學」這一思路，當作是一套不需挑戰的前提。這套前提，戰後的大中國主調之下，本來是非常「穩固」的。但在詹宏志發表此文時，情勢卻正要開始不同了。

「鄉土文學論戰」的餘波

「邊疆文學論戰」是上承一九七七年「鄉土文學論戰」的一場論戰。簡化地說，「鄉土文學論戰」本來是親官方立場的作家，對一九七〇年代逐漸大放異彩的「鄉土派」作家的圍剿。親官方立場的反共文學與現代主義，其理念上的共通點是排斥描寫「此時此地的現實」；而「鄉土派」則希望透過文學作品反映臺灣的社會現實，自然與官方有隔，也引起官方忌憚。

「鄉土文學論戰」最終在官方主動喊停的狀況下結束。論戰看似沒輸沒贏，但從後續的表現來看，「鄉土派」的勢頭越來越猛，而官方文藝政策幾乎失去影響力，可以說是由鄉土文學一方實質獲勝了。

弔詭的是，勝利帶來的卻是分裂。「鄉土文學」強調描寫「臺灣的社會現實」，問題是，要怎麼定位「臺灣」呢？是把臺灣當成「中國的一部分」來理解，還是把臺灣當成「臺灣自有特殊性」的共同體來理解呢？這就使得「統獨爭議」浮上檯面了。同樣被視「鄉土文學」，陳映真、尉天驄等人傾向於「統派」；而葉石濤、鍾肇政等人則傾向於「獨派」。本來同床異夢，不說破也就算了；但「鄉土文學論戰」卻使得雙方亮出了真身，再也無法維持表面的和平。

因此，當詹宏志的「邊疆文學」感慨雖無意討戰，但統獨雙方卻早已埋下了火藥，只待一條導火線了。

「固然，但是……」的論述策略

率先回應詹宏志的，是一九八一年五月號《臺灣文藝》雜誌上的高天生。高天生的〈歷史悲運的頑抗——隨想臺灣文學的前途及展望〉先快速總結了一九五〇年代以來，臺灣文學的發展，並認為「寫實」將是文學的趨勢，鼓勵作家要更認真面對社會現實。在這個前提下，高天生展開了「強調臺灣文學特殊性」的論述：

基本上，我們確認「臺灣文學乃中國文學的支流」這觀點，為一不可更易的歷史事實；但是，同我們也認為不能因此將其當做中國文學的亞流，而是應該面對其獨特的歷史性格、文學特色等，將之視為一獨立的文學史對象來加以處理，就如我們獨立處理臺灣史一樣。因之，一個創作者無端地自比為旁支的庶子，我認為是沒有必要的自我菲薄；而一個批評者，將現代作品置放於整個中國文學史去定位，無端惹來悲觀、沮喪的情緒，則是一種迷失歷史方向後的錯亂。我們認為當代的作品，唯有放置在臺灣文學史裡去評估，才能貼切地凸顯出其意義。

高天生在這篇文章裡，採取了兩種有趣的論述策略。一是「固然，但是……」，他會先重申官方說法，然而卻將懸殊數倍的篇幅，放置在「但是」之後的臺灣特殊性論述。這顯然是一種政治避險手段，表面上同意「臺灣是中國的一部分」，實際上卻不斷告訴讀者相反的論點。在這一段最後，高天生甚至明白提出了「臺灣文學史」這個範疇——以當時的政治環境來說，這已堪稱「文學臺獨」了。

另一個有趣之處是，每當高天生要證明論點時，他都會刻意引用統派的鄉土作家陳映真為例。此文至少有六段引述陳映真，一段引述陳映真參與的《文季》。如果不明究理的讀者，或許還會誤以為陳映真支持高天生的獨派—臺灣文學論述呢。但實情剛好相反，陳映真恰恰是最致力於反駁獨派—臺灣文學論述的作家之一。高天生借力使力，等於是用統派的論述來回應統派：如果你也說現實是重要的，那為何不承認臺灣現實的特殊性？〈歷史悲運的頑抗〉看似是正襟危坐的文學評論，但卻頗富一種「頑皮」的文學性。

主流文壇所忽視的「前衛」伏流

五月稍晚，葉石濤也於《中國論壇》雜誌發表了〈論臺灣文學應走的方向〉。葉石濤也和高天生一樣，用了「固然，但是……」的修辭。葉石濤先肯定了「擁有六十幾年歷史的臺灣文學一直屬於中國文學的一部分」，這是「來自祖國大陸的承傳」，但接下來卻強調，臺灣文學還有「西方與日本思潮的激盪」與「鄉土文化的特殊影響」。

葉石濤沒有高天生那麼「頑皮」，但論述立場卻是一致的：不可否認，臺灣文學確實受到中國文學影響，但「不只」有中國文學的影響。葉石濤將「來自祖國大陸的承傳」、「西方與日本思潮的激盪」、「鄉土文化的特殊影響」三者並列，就是將「中國因素」列為臺灣文學的三分之一。其「鄉土文化的特殊影響」與高天生的「寫實」意涵近似，而「西方與日本思潮的激盪」，則是葉石濤親身經歷日治時期，承接當時文學傳統的經驗之談，又比高天生的論述多開一路。

其中最有趣的，是葉石濤對「現代主義」的理解。高天生將現代主義視為一個1960年代興起，此刻已經退燒的階段。但葉石濤卻提出了完全不同的圖像：

當光復來臨，臺灣現代主義文學運動如火如荼地展開的時候，我覺得非常詫異；因為他們所標榜的前衛文學，從喬伊斯到卡夫卡、從紀德到卡繆、沙特，達達、超現實主義、表現主義、實存主義以至於紀涅等人的反小說，並不是嶄新的文學主張。在日據時代的末期直到光復初期，臺灣年輕一代的日文作家已經對於此種前衛文學潮流有所認識，並且經過一番沈思默考，有摒棄與採納的掙扎。我們在鄉土文學之父鍾理和先生的某些作品片段或鍾肇政的初期短篇小說裡可以看到前衛文學寫作技巧精華的鄉土化。

在此，葉石濤含蓄地反駁了主流文壇的見解：現代主義才不是一九六〇年代的青年作家引進的，在日治時代早就有過一波，而且「經過一番沈思默考，有摒棄與採納的掙扎」。這同時也賦予「鄉土文學」新的理解框架：你以為那些寫實作品不前衛嗎？錯了，他們早就消化前衛思潮，將之融入作品了。而這一激盪融會，又毫無疑問是在臺灣發生、在臺灣演變的臺灣文學發展脈絡——這與中國文學毫不相干。

相較之下，在一九八一年七月號《臺灣文藝》上發表〈文學十日談〉的宋澤萊，雖以許多激昂話語來批評詹宏志的「邊疆文學論」，但在論述上反而陷入了「以政治決定文學」的窠臼之中，並無太多新意。葉石濤的〈論臺灣文學應走的方向〉論述雖然委婉曲折，但卻已有回應論敵可能之批評的先手。

「邊疆」的意涵

「邊疆文學論戰」並不算規模特別大的論戰，但它卻對文壇形勢有微妙的影響。論戰期間及其後，文壇中瀰漫著「文學界南北分派」的傳言。傳言認為，「南方」以《臺灣文藝》、《文學界》為陣地，是為獨派；「北方」以《文季》、《夏潮論壇》為陣地，是為統派。從地理上來看，與其說這是「南 vs 北」，不如說是「臺北 vs 臺北以外」，這也確實與接下來數十年的某種政治印象相符。

「邊疆文學論戰」承接了「鄉土文學論戰」沒有講完的統獨議題，但它自身也沒有完結這個問題。在文壇論戰一輪過後，這個問題將在一九八三年擴大為「臺灣意識論戰」——這時候，參戰者就不只是文壇內部了。而獨派作家陣營努力論證的「臺灣意識」，也將成為重要的政治概念。整個一九八〇年代，就在這種鬆動、躁動的氣氛裡，爭辯起過往不能言的話題。

詹宏志的「邊疆文學論」，也在臺灣文學進入學院、有了自己的學術建置和文學史成果之後，漸漸被人遺忘。但或許，他當時之使用「邊疆文學」一詞，還是有某種意外的精準的。但不是適用在「中國 vs 臺灣」，而是「臺灣 vs 臺灣」：如果「臺北」是中心，那「臺北以外」自然也是一種邊疆了。這場論戰，正是「邊疆」的強兵悍將，開始挑戰「中心」權威的一場戰役。本來穩固的文學位階即將崩塌，新的時代就要來了。

雙陳故事：陳映真與陳芳明的跨世紀論戰

蔡林縉

上世紀末，全球正沉浸在某種千禧危機的曖昧情境，島嶼也將迎來首次政黨輪替。在此過渡交替又懸而未明的轉折，臺灣文學研究學者陳芳明自一九九九年八月開始在《聯合文學》不定期刊載他撰述中的《臺灣新文學史》，既是個人亦是集體歷史的省察與見證。陳芳明在魏可風的專訪中自陳：「一九九二年回到臺灣，我有一種死去又活過來的感覺。我給自己一個承諾，盡力完成一部臺灣文學史，就像完成自我一樣，我想證明，那十八年的流亡生活不曾空白……」

書寫之於陳芳明而言始終不孤獨。隔年，小說家陳映真針對陳芳明《臺灣新文學史》中的歷史分期與史觀提出異議。兩人遂以《聯合文學》為主戰場上演跨時一年多的「雙陳論戰」。這個文學事件，在在證明了歷史從來就不只是一家之言，而是諸眾喧嚷、辯證交鋒的眾人之事。本文首先簡要梳理雙陳論戰的歷史脈絡，由一九八〇年代的臺灣意識論戰以及一九九〇年代兩波後殖民論辯談起，接續探討陳映真與陳芳明千禧交鋒幾個關鍵議題。最後，嘗試思索雙陳論戰近二十年後的今日，臺灣又能從中挖掘提煉出怎樣的思想資源和知識遺產？

一九七一年，臺灣退出聯合國，孰料這只是中華民國政府連串外交崩解的序幕。一九七八年，當臺灣接連痛失邦交國之際，卡特總統透過電視談話，宣布承認中華人民共和國為唯一合法的中國政府，臺美外交關係中止。同年，侯德健寫下〈龍的傳人〉一曲。「黑眼睛黑頭髮黃皮膚，永永遠遠是龍的傳人」，李建復沉鬱略帶悲壯的歌聲搭著當時校園民歌的風潮，迅速襲捲臺灣大街小巷。一九八一年，導演李行邀集一票臺港巨星，以侯德健的歌曲發想拍攝電影《龍的傳人》來慶賀中華民國七十周年，將這波臺美斷交後的民族與愛國情緒推向高潮。

然而，影片最後那冉冉升起的青天白日滿地紅旗幟，卻在一九八三年侯德健取道香港西進中國的風波中，劃下一聲刺耳的不協和音。

這個不協和音觸動的不光是國民黨政府敏感的神經，更引爆臺灣知識圈一陣波瀾。在官方一陣「叛逃」的指責與審查中，陳映真在《前進週刊》第十二期刊登的〈向著更寬廣的歷史視野……〉一文中，以同情的眼光，理解侯在父祖之國的情感召喚下湧現的摯熱感銘，卻招致其他本土派知識份子接連批評回應。批判聲浪中，陳芳明以筆名宋冬陽發表於《臺灣文藝》的論文〈現階段臺灣文學本土化的問題〉，正式將戰線從政治、歷史拉抬至文學場域，除了針對鄉土文學論戰以來「臺灣文學本土論」與「第三世界文學論」兩股理論流派進行總清理，也敲響他與陳映真之間的戰鼓。

一九九〇年代兩波後殖民論戰，對於雙陳論戰亦扮演著舉足輕重的角色。「後殖民論戰」始於一九九二年，同為外文背景的學者邱貴芬與廖朝陽在全國比較文學會議上的辯論，而在一九九五年臺大外文系出版的《中外文學》上持續延燒。參戰學者跨越中文、外文、歷史等學門，高密度的理論翻譯與知識建構，隱約呼應著當時因臺海飛彈危機與首次總統直選瀰漫島嶼的集體焦慮與不安。後殖民理論所標幟的交混、雜燴、學舌、抵抗，以及殖民地背景的知識份子如薩伊德（Edward W. Said）、史畢瓦克（Gayatri C. Spivak）、巴巴（Homi K. Bhabha）等，一併進入了臺灣知識生產的場域而成為近乎時尚的關鍵詞。

特寫鏡頭：千禧危機雙陳對決

後殖民論述的引介除了深化既有的本土論述、確立臺灣文學的主體性，也相當程度促成臺灣文學研究的建制化。這樣的時空背景成為陳芳明文學史書寫與後殖民史觀建構的物質性基礎。開篇之作〈臺灣新文學史的建構與分期〉，延續後殖民論述「彰顯臺灣主體性」的理論傾向，陳芳明嘗試站在「最邊緣的觀看位置」思考文學史書寫的可能性。所謂的「邊緣」，意謂著「左（派）的、女性主義的、被壓迫的、次文化的」，這亦是陳所定義的「後殖民史觀」，而書寫文學史本身更是一種「後殖民的行動」。陳也不忘謙卑地說，自己正等著「被『踩』、被修正、被討論」，冀望透過拋磚引玉的姿態，引起更多學者投入文學史書寫與臺灣主體性再造的工程。

這次前來踢館的，是陳芳明再熟悉不過的論敵陳映真。事實上，早在兩人千禧辯論之前，陳映真已針對臺獨派運動家史明《臺灣人四百年史》（1962）有過回應。他於一九九四年所編的《史明臺灣史論的虛構》封面上，即標舉著此書是針對「『臺灣人』論、「臺灣民族」論的總顛覆」，對於「反華、反民族意識型態的科學性駁論」，旨在「以科學的方法，以真正的歷史唯物論的視角，分析臺灣各階段歷史的社會性質、社會構造和階級關係」。而當一九九七年教育部頒定《認識臺灣》系列教科書之際，他旋即編纂《認識臺灣教科書評析》（1999），著力批判這部充斥「主流政治意識形態」、「民族分離主義的宣傳」和「新殖民地觀點」等謬誤的教科書。陳芳明此番文學史書寫工程，陳映真自然也不會等閒視之，兩人陸續出現共七篇辯論文字（整理如下）：

發表時間／刊物	作者	篇名
二〇〇〇年七月／《聯合文學》	陳映真	以意識形態代替科學知識的災難
二〇〇〇年八月／《聯合文學》	陳芳明	馬克思主義有那麼嚴重嗎？——回答陳映真的科學發明與知識創見
二〇〇〇年九月／《聯合文學》	陳映真	關於臺灣「社會性質」的進一步討論——答陳芳明先生
二〇〇〇年十月／《聯合文學》	陳芳明	當臺灣文學戴上馬克思面具——再答陳映真的科學發明與知識創見
二〇〇〇年十二月／《聯合文學》	陳映真	陳芳明歷史三階段論和臺灣新文學史論可以休矣！結束爭論的話
二〇〇一年八月／《聯合文學》	陳芳明	有這種統派，誰還需要馬克思！——三答陳映真的科學發明與知識創見
二〇〇一年十二月／《人間思想與創作叢刊》	陳映真	駁陳芳明再論殖民主義的雙重作用

兩位在創作、論述，乃至社會行動上皆極具份量的知識份子，這回合的跨世紀論戰不論是在議題開展抑或論述交鋒上，都展現了極高的思想密度與複雜性。以下且由三個互為表裡的視角切入，嘗試對雙陳論戰進行扼要的討論整理。

一、何謂殖民？誰的殖民？

陳芳明的文學史工程，以「殖民」（一八九五至一九四五年）、「再殖民」（一九四五年至一九八七年）、「後殖民」（一九八七年迄今）三階段來框架一八九五年以來臺灣新文學的發展。日本殖民統治，雖一方面帶給臺灣政經體制上的劇烈變動、勞力與文化上的剝削壓迫，但也同時帶動資本主義現代化與新興知識份子的思想啟蒙——這也成為臺灣新文學，以及文化、社會等反抗運動的背景。戰後臺灣面對國民黨政府強勢的中原文化以及隨後近四十年的戒嚴體制，高壓的極權統治與文化霸權（尤其是「國語政策」帶來的思想、語言箝制），不光只是繼承，更是日本帝國遺緒與殖民結構的變本加厲，是謂「再殖民時期」。然而，八〇年代後的本土化與民主化運動所帶動的社會轉型鬆動了國府的威權體制，促使蔣經國在一九八七年宣布解嚴，銘刻了臺灣文學史後殖民時期的開端。

雙陳論戰的關鍵歧異之一，在於兩人對「殖民」概念的不同定義。對陳映真而言，談論帝國主義、殖民地等政治經濟學概念，必須回到馬克思主義所謂的「社會性質理論」方能獲得根本性與科學性的理解。在馬克思的社會性質論中，「殖民地社會」無法孤立地存在，而必須同時考量特定社會中的生產力與其相應之生產關係的總和才臻完善：殖民統治伴隨的資本主義改變了殖民地傳統封建經濟的生產關係，使其成為過渡階段中的「半封建」畸形社會，據此，陳映真將日本統治下的臺灣定義為「殖民地、半封建」的狀態。這樣的前提讓他能進一步闡發中國與臺灣新文學運動的共通處（中國與臺灣分別身為半殖民地與殖民地，而後者正是在前者近代史上遭受到一連串帝國侵略過程中，被割讓給日本帝國的領土），皆以「反帝、反封建為戰鬥旗幟」，呼應他一貫的第三世界文學觀點。臺灣也因此是「中國社會之一地方社會在特殊歷史條件下的社會形態的變化」，必須涵蓋在中國的歷史脈絡中討論。

二、何謂帝國？誰是帝國？

既然日本統治下的臺灣不能單純地視作殖民地，那麼戰後所謂的「再殖民」在陳映真眼中便是無稽之談。陳映真認為，二次戰後於國共內戰中節節退敗、風中殘燭的國民黨政府，絕對無法被定義為一資本掛帥、軍事擴張的「帝國」。此階段的臺灣對陳映真來說，是被納入「舊中國半殖民地半封建社會」的一個「行省」，而在韓戰爆發，美國軍事、經濟的強力支援下成為其附庸，成為美帝國主義下的「新殖民社會」。陳映真細數冷戰以降，美國對各個新興獨立國家軍事、經濟、文化諸多層面的滲透介入，旨在論證陳芳明所謂國民黨在臺的「再殖民」統治，實為美國此超級帝國壟罩世界之新殖民勢力的展現。換言之，國府的威權體制充其量只是中央集權的樣貌，與殖民體制毫無關聯。

陳芳明將日本統治與國府威權體制相提並論的說法，更讓陳映真感到匪夷所思。將國府視為殖民政權的觀點，無疑是將其看作異民族政權、非我族類，也故此，產生了「中國人（外省人）＝支配民族＝殖民政權」與「臺灣人（本省人）＝被支配民族＝被殖民階級」的二元謬論。國府推行的國語政策，更非如日語之於臺灣人是所謂的「殖民者語言」，而嚴禁日語更是為了恢復臺語（以及其他臺灣方言）「作為中國方言的地位」。陳映真對陳芳明「日本殖民現代性」形塑臺灣意識與臺灣文學主體性的論調難以苟同，一方面否認日治時期「臺灣話文書寫」的特殊性，質疑陳芳明聯繫殖民現代性與臺灣意識的說法其實是種「殖民主義有益論」；另一方面則反覆申辯臺灣新文學與中國白話文運動的傳承與連繫，認定其間存在的是「特殊與同一的辯證關係」，而非獨派所主張的兩極對立。相較於日本、美帝對臺灣（及世界各地）的侵占或干預，國府所代表的中國政權和其強勢推動的各種文化、經濟政策，在陳映真眼中從來就稱不上任何形式的「帝國」。

面對來勢洶洶的指教，陳芳明則順水推舟、借力使力，指出陳映真所批判的美國對臺灣諸多層面的新殖民主義霸權，以及美臺在冷戰期間的利益糾葛，正說明了戰後臺灣正處在由兩個政權所共構的「雙重殖民」之下，為「再殖民」的觀點提供了堅實的佐證。他提醒陳映真，對日殖民時期的臺灣作家來說，語言使用的「混融性格」折射的正是身為殖民地知識分子對於語言、文化、國族等因素交織而生的認同困惑與焦慮，箇中的複雜幽微絕非簡化的民族主義能夠收攏，也正是這樣的殖民地歷史背景構成了與中國相當不同的文學表達與心靈圖示。陳映真不厭其煩地引述馬克思，說穿了只為服膺「臺灣文學為中國文學的一環」這般的中華民族主義立場，而自己書寫文學史的用意也正是要「抗拒中國的霸權論述」，儼然劍指陳映真背後那陰魂不散、呼之欲出的帝國身影。

三、何謂左派？誰的馬克思（主義）？

雙陳論戰另一層意義，在於臺灣左派知識份子國族路線上的分道揚鑣。兩人皆受到左翼思想洗禮，也在島嶼社會發展的脈動中，建構各自的論述光譜與體系。陳芳明承繼經後殖民理論家所中介、修正後的左派立場，將古典馬克思主義的抵抗精神轉化為以臺灣為本位的歷史與文化主體性重建。陳映真則自始至終為虔誠的馬克思信徒，不斷要求陳芳明（們）正本溯源、回歸經典，故依循馬克思理論發展出臺灣的社會性質五階段論，藉第三世界主義的觀點將臺灣文學框入中國文學史的視域之內。

兩者殊異的左派路線，自然也對一九九〇年代後殖民論述抱持分歧的評價。陳映真認為，經陳芳明等具備美國背景的學者轉譯下的後殖民論，其倡議的族群、性別、性取向、多元、去中心等詞彙，實為冷戰結構裡留美風氣盛行，新殖民主義文化霸權應運而生的舶來品，但卻故意忽視後殖民論述所凸顯的，對西方強勢國家之於第三世界國家「文化意識形態統治與霸權支配」的批判。換言之，後殖民理論在臺灣的譯介，乃是「片面地從殖民地史的文化、意識形態和思想的角度看問題」，缺乏了馬克思主義所強調的社會經濟分析視角。

陳芳明則反駁馬克思主義縱使強調反帝國主義與階級革命，其理論的生成脈絡依舊不能擺脫以歐陸為中心的世界觀。他援引薩伊德《東方主義》（Orientalism）的見解，披露「馬克思的社會經濟革命論綱帶著種族主義的嚴重缺陷」，而後殖民批判恰好「拆穿了馬克思主義的偽科學面具」，也揭露了陳映真不自覺的白人中心論。盲目推崇馬克思主義的結果，其實同樣鞏固了西方歐陸中心論對非西方世界的思想殖民。他提醒陳映真，當時已向資本主義嚴重傾斜的中國社會，早就不是馬克思主義所想望的烏托邦。總括而言，雙方的論述立場不單只是「一個馬克思（主義），各自表述」的問題，更是臺灣此文化場域知識生產、理論譯介的過程中，話語權與發言位置的相互較勁與爭鬥。

兩人幾回合的交鋒後，陳映真著手編纂《反對言偽而辯：陳芳明臺灣文學論、後現代論、後殖民論的批判》（2002），而陳芳明則在島嶼經歷兩次政黨輪替後完成《臺灣新文學史》（2011），作為雙方跨世紀論戰的終章。若以某種後見之明再探這一回合的論辯，雙方劍拔弩張之外，並非全然各說各話毫無交集。雙方也多少都同意，不論是第三世界文學論，抑或是奠基於本土文學論的後殖民史觀，皆具備不同層次的物質基礎，亦從各自的立場出發描繪了島嶼幽微變動的心靈狀態以及豐繁紛呈的文學風景。陳映真在一九八〇年代那波論戰中已然明瞭，所謂「臺灣意識」事實上具備某種「現實的，物質的，甚至島內和國際文化和政治的條件」，也因此不能夠輕率地將其視為一種「空想的臺灣人主義」。陳芳明也不會否認，第三世界經驗對於後殖民理論的生成建構同樣有著不容小覷的重要性。雙方對彼此挪用的理論資源所做的批判反省，亦值得新世紀的研究者持續思考理論生產與譯介過程中經常面臨的權力和倫理關係。

陳映真上個世紀論戰中期許的「向著更寬廣的歷史視野」，或可作為今日重訪雙陳論戰的思考起點。所謂的第三世界文學觀除了望向彼岸那如魅影般揮散不去的中國，也應同時觀照中國之外其他橫向連繫的可能，在具體的時空情境裡思索跨越疆界的另類關係性，一如陳映真一九八五年創辦的《人間》雜誌所照見的深刻光譜，至今仍讓人感到彌足珍貴。

所謂的後殖民史觀在建構臺灣文學主體性與在地性之餘，對於島嶼內部處於邊緣的族群持續面對的各種殖民與壓迫形式，必須透過更嚴肅而謙卑的姿態省思歷史與當下諸多的不正義，並積極思索轉型與去殖民的具體方案。論戰或者稍歇，島嶼身世的建構卻未完，而這或許是辯證的碎片後正待拾起的行動實踐。

「邊疆文學」論：臺灣可以不是中國嗎？（1981）

一九八一年，詹宏志發表文章評論「聯合報小說獎」的得獎作品，文章開頭的一小段引言卻引起不小的爭議：臺灣文學是中國的邊疆文學嗎？一九八〇年代，臺灣本土派已然興起，對於臺灣的主體性也多有看法，「邊疆」一說引爆了本土知識份子的強烈不滿。

來戰

詹宏志：如果三百年後有人在他中國文學史的末章，要以一百字來描寫這卅年的我們，他將會怎麼形容，提及那幾個名字？……這一切，在將來，都只能算是邊疆文學。

「鄉土文學論戰」當中，民間陣營已就統獨問題有過一次交鋒。到了一九八一年，詹宏志發表〈兩種文學心靈——評兩篇聯合報小說獎得獎作品〉，再次掀起統獨的討論。

文章中，詹宏志假借東年口吻，寫下：「這一切，在將來，都只能算是邊疆文學。」他悲觀地認為，以臺灣量體之小、臺灣文學時間之短，終究只能成為「中國文學的邊疆」。

不服

這個「邊疆文學論」引起本土派的不滿。隨後，《臺灣文藝》刊出〈文學十日談〉，邀請宋澤萊等多位本土派作家發表反駁意見。

臺灣文學應以自身為主體，成立「臺灣文學」這個領域；還是應該以中國文學為中心，自居於「中國的邊疆文學」？兩派在此進行更多的論述，甚至因此傳出「臺灣文學南北分裂」的傳言。事實上，臺灣文學並未以南北為界，但臺灣作家們確實以統獨為界，各自形成不同的陣營。

這一論戰，也成為一九八三年「臺灣意識論戰」的導火線，進一步使統獨問題檯面化。解嚴前夕的氣氛，正在劇烈地衝撞著。

二〇一七戰課綱「文白之爭」的向度

文白之爭：一百年來的變與不變

〈國語文是我們的屋宇：呼籲謹慎審議課綱〉

我們更擔心輕率的改動，讓菁英階層與非菁英階層的學生再一次分流，有能力的家長會為孩子尋求額外學習古典文學的機會，而弱勢學子則無所適從，語文程度將低於國際水準。

〈支持調降文言文比例，強化臺灣新文學教材——對本國語文教育改革的主張〉

若仍偏執於文言文教材，乃是守舊主義的依賴，更是在臺灣的殖民意識、不合時宜的中國結再現。

國文課本怎麼寫：文學的過去，文學的未來

隨著教育改革的進度，國文課本的「文白之爭」浮上檯面，成為社會迴響最大的文學議題。當作家開始討論國民教育，也意味著作家不再被政治壓制，而是反過來影響政治……。

文白之爭，是從教育系統所爆發的「語言」、「認同」的議題。由特定的意識所守護的「傳統價值」宛如銅牆鐵壁，禁錮著文學教育的發展。臺灣新文學運動從「新舊文學論戰」對古典文學的批判開始，一百年後，卻又爆發了「文白之爭」，再次上演「白話 vs 文言」的論戰，正提醒了我們臺灣新文學的未竟之業。「文白之爭」雖然是教育議題，卻引動了大批作家參戰，雙方的論述也踵步前面我們提及的所有論戰，探討語言、現實、認同、傳統、文學價值等議題，頗富象徵意義。

108 課綱實施後，由奇異果文創出版發行，投入高中國文教育的新教科書。以閱讀理解、寫作能力，與議題教育的素養為編輯方向，回應 108 課綱的國文教學核心。

高中課本裡文白比率拍版定案後的思考

廖玉蕙

中學課本的文白之爭，其實由來已久。二〇〇五年成立的「搶救國文教育聯盟」，時不時就出來呼籲教育部保存傳統文化、推動經典閱讀、詩歌吟唱。二〇一五年「五四文藝節」又開記者會，呼籲將中國文化基本教材改成必修；學測和指考保留考古文55％到65％；希望教育部將全國國語文競賽增列古文詩歌吟唱比賽、古文背誦比賽等。呼籲之不足，一群老教授還痛斥年輕人缺乏中華文化素養，說臺灣文化目前只是空心，社會是「四無」——無禮、無義、無廉、無恥；年輕一代也是「六沒有」——沒有認同、沒有自信、沒有耐性、沒有願景、沒有志向、沒有主張。

我不禁這樣想：「四無」真的是沒有念四書的人造成的嗎？文言文既然這麼重要，到底過去多達65％的文言文教育是成功的嗎？真正檢討起來，如今大部分媒體上那些無禮、無義、無廉、無恥的人，或掏空、或貪污、或上摩鐵私會小三、或讓大家吃毒的，當年可都是念著《中國文化基本教材》長大的。思來想去，他們所謂的「六沒」，彷佛是：認同目標不同叫「沒有認同」；沉默不說話叫做「沒有自信」；出來大聲抗議叫做「沒有耐性」；說真話、只做自己叫做「沒有志向」；說出另一種想法叫「沒有主張」；其實，讓年輕人失去願景的，認真說來不就是把四書讀得又熟又滿的這些人嗎？

二〇一七年，在課綱調整的最後階段，主張調高文言文比率的甚至請出中研院院士來連署。這些出身文學院的院士或學者多半是求學過程順利的金字塔頂端的菁英，這些菁英年少時未必是仰仗學校教育來充實他們的國學程度的；很多人是因為本身熱愛文學，靠自我的摸索而發現文學之美、之好，在分科教育後努力以赴的。現在慷慨陳詞，強調課文裡的文言文可增加語文能力，其實沒有提供任何實質數據可資佐證。

菁英們多半是直覺自己的成就得利於文言，必然其他人就該受惠，這種本位思考，說來也是另一種知識的傲慢。經典經過長久淘洗，留下的必然是好的；但營養的東西未必人人吞得下去，如果多到或深到壞了學習者的胃口，是絕不會有成效的。何況，教育不是只為培養作家或學者，得照應全國學生；放入課文裡的文章，要考慮的應該是全國大多數學生的需求，所謂「順應眾生」。這不是降格以求，白話、文言裡都不缺深入淺出之作，順應時代需求做調整絕對必須。其實，調整的主張從來都不是拿掉所有的文言文，是重新思考語文教育如何落實更精確的目標，有沒有更合適的篇章，能顧及更多人的接受度與語文能力普遍的提升。

他們可能遺忘了曾經在回憶錄中誇耀當年如何叛逃課堂，蹺課、打瞌睡、討厭背誦、痛恨被無聊的考題所荼毒；更沒去考慮個人資質不同，性向有異，或考量不同學門或金字塔底端的學生的需求。事實上，討厭艱澀古文的高中生可能才是國文課堂上的多數。年長的人，最忌以現在的成就來譏嘲年少輕狂，常常忘了自己一、二十歲時的迷惘及心境，反過來肯定當年反感的教育內容，只顧著護衛陳義過高、無濟於事的議論。

現代公民需要什麼樣的語文教育或文學教育？究竟是要著重於延續傳統、經典、文化，或者是偏向實用的讀寫語文能力？這兩者間難道沒有折衷的可能？

基於「海納百川所以成其大」的觀念，我反對去中國化，不必將我們原先的文化優勢拱手讓人，但若說稍減文言篇章，立刻文化就灰飛煙滅，根本是聳人聽聞；若說增選幾篇臺灣當代文學，馬上就能提升臺灣意識，也是誇張。基於「學習是為了讓生活更容易」的信念，我主張當時的國文課綱確實可以再做微調。我說的微調是希望朝「以人為本」前進一些。文言、白話各有優勢，不必貴古賤今，也不宜率爾用投票來決定。文章無論白話或文言都要比較切近生命經驗，不要強迫學生囫圇吞棗。

我們也許可以回歸國文教學目標的「聽、說、讀、寫」來討論。有時候，我們是不是得試著站在學生的高度上來思考問題，這不是媚俗而是務實。如果學生從不曾感受到教材裡的知識有什麼好——沒有感動、沒有觸發、沒有引起想法，甚至長大了，都還從來不覺得自己曾經從中獲益，只記得當年考試時記誦有多麼辛苦。那麼，有可能是老師沒有教出真精神，也可能是學生的生命經驗不足以領會，因此，就算把所有的經典列入，也沒啥用。有時，語境與環境都較接近的現代白話文倒較具感動興發的力量。

學中文的人常把文化傳承掛在嘴上，但在面對抉擇國高中選文時，我們是否該先摒除本位思考，不要高舉古文可以幫助寫作或傳承文化之類的空話。說實話，不是所有人都需要變成作家；對廣大的學子而言，傳承文化也可能是無法承受之重。如果高中畢業，他就去做黑手、幫人理髮、修冷氣、到工廠內裁製成衣，白話文跟文言文哪個對他／她切要些，誰人不知？社會結構如金字塔，居上位者寡，在下位者多，套句選舉常用語「莫忘世上苦人多」，教育尤其不該忽略苦人的基本需求。

何況語文教育除了基本的聽、說、讀、寫能力的養成和文化傳承之外，我以為最重要的莫過於個人思想體系的建構，將心比心的溝通。作家寫出了胸中的一點塊壘，讀者可能讀出了千百種的滋味。作者經常得面對評論家或讀者另類解讀的驚奇，而領受文學之美、善啟迪，甚或醜、惡的驚嚇震撼，都是一種對人生存在的認識，也許終身都將受用也未可知。透過綽約多姿的文學風貌及延伸出的多元解讀，學生可學習多角度觀看人生、情意開發和容納異議的襟抱。深刻的文學可以訓練學生知道多元思維和多元情境，從而說服我們承認除了自己的觀點之外，還存在著其他的觀點，文學不只存在唯一的答案，而生活的艱難和歡喜往往更勝文學，它自然更具多角度詮釋的可能。文學創作是作者一連串觀察、思考、聯想、生發、變形、結構乃至虛構的連環套；閱讀則是逆勢操作的另一種再創作的歷程，它可能循著作者的思維摸索前進，直探原始命意；也可能順著自己的學養、思考習慣，開闢出另一番風景。如今藍綠對峙的場面，大家都應該見識到了，此時此刻，這點薰陶，我強烈感覺尤其重要。

據我的觀察，部分老師還是覺得那些白話的語言組合，學生自己看就懂了，沒啥好教的。有位高中老師就強調自有課綱以來，需要推薦的文章都是要翻譯的，如果連不用翻譯的文章也入課本中，那就是濫竽充數。主張「需翻譯的才入課本」的想法真是駭人聽聞；且不說翻譯只需一本《古今文選》即可取代，這樣的言論根本謬視文學的多重意義，以為老師的存在只為翻譯文法與文字的古今差異而已。其實，教師作為作者與學生的中介，更重要的是憑藉人生歷練與專業學識引導學生一起鑑賞美麗，深度挖掘文章的意義，進而對思想的啟迪有所助益。白話文如果寫得豐贍，其中美學無數，寫得深沉，可以提供舒徐澹定的能量；寫得樸實，也常有意在言外的委婉迤邐，端賴師生一起討論切磋，才能真正進入學習者的內心，文言白話的原理都是一樣的！

所以說，文言或白話的比率多寡真的是餘事。國文課應該爭什麼？最該力爭的是如何提振老師的教學熱忱與精進求知的意願，如果教學者有開闊的胸襟和能力，什麼樣的文章都可以透過討論而讓學生受益，即使是負面文章，如果老師心中不是只有一個答案、堅持唯一的解讀方式，而容許多元存在，其實都能在師生互動中，找到正面的意義的，就算只是糾謬都會有收穫的。

有些反對白話略增的論述，相當離譜。譬如：有位教授擔心文言文的課程少了些會自斷文脈，將來連歌仔戲都看不懂。意思好像是我那位一天書都沒讀過的阿嬤，一輩子最愛看歌仔戲是因為飽學文言文的緣故；這種思維，今之白話文稱之為「胡亂牽拖」，文言叫「危言聳聽」，一樣都是四個字，文言未必更簡要，白話反倒更親民。也有人恐嚇：「不讀文言文就沒有國際競爭力」，講得好像我們這幾千年來都白過了，完全沒有進化，現在必須使用千年前的文言文向世界發聲！

論戰過程中，有人沉痛地為〈出師表〉沒能進入審查委員勾選的投票資格大表不平，他的說法是：「有沒有問過鄉民能不能接受沒有『臣亮言』的世界？」他接著問：「有誰寫的白話文八字夠重，足以填補諸葛亮留下來那個洞？」真是讓人驚豔的深情告白：「沒有『臣亮言』的世界」，這句話馬上攫取了我的眼光，多麼美好且精準傳達急切心情的白話文！我以為如果有一場護文言文的遊行，旗子上寫著這句話絕對搶眼，也勝過千言萬語的文言。作為一個主視覺的 LOGO，這樣的白話文很夠力，而看到如此富創意的論戰語言還滿醒腦的。

但沒有「臣亮言」的世界，心裡就出現破洞怎麼辦？幸好馬上就有教授上去釋疑：「沒有臣亮言的高中課本，是絕對 OK 的！……很多不偉的人寫的很多好看的書都可以去閱讀和欣賞。」仔細看完這些貼文和留言，你會發現，其實大部分的人，不管想護住文言或主張多取白話，大多同意稍作調整。但就算同陣營裡的人，心裡想「護」的往往也都不同。

有的可能更想多一些傳奇、話本、紅樓夢、三國演義等故事性的近白話文；有的想多保留些詩詞曲類的韻文，也有滿多人希望換掉部分讓人打瞌睡的唐宋文，當然也有人希望回到「臣亮言」的時代，有「臣亮言」就安了心。

主張多選些和時代關係較密切的白話文的人，也未必就不喜歡文言文。論戰火熱時，曾有雜誌來採訪我，記者說他也採訪了為文言文連署請命的學者，竟發現我們兩人意見幾乎是一致的。都不反對調整某些味同嚼蠟且不合時宜的古文篇章，但都一致覺得可以增加新舊詩詞、小說或精彩的現代語文，沒有人主張「殲滅」文言文，少選或汰換幾篇文言文絕不至於就亡了國，這一點，我完全可以保證。

凡事以意識形態來討論事情，就沒有意思了。沒有「臣亮言」的世界，如果換上楊牧的〈有人問我公理和正義的問題〉，不也很好？無論社會關懷或美學堅持都更勝疇昔，絕不會因為這樣的調整就讓道德淪喪、文化蕩然無存。

如今，文白之爭總算隨著政策拍板定案告一段落，雖然文言比率降低了若干，幸好「臣亮言」仍在必選的十五篇之列，總算填補了許多人心裡的破洞。

文白之爭：教育現場的文言文、白話文論戰（2017）

來戰

〈國語文是我們的屋宇：呼籲謹慎審議課綱〉：我們更擔心輕率的改動，讓菁英階層與非菁英階層的學生再一次分流，有能力的家長會為孩子尋求額外學習古典文學的機會，而弱勢學子則無所適從，語文程度將低於國際水準。

二〇一〇年代，「課綱」的擬定成為各方爭論的戰場。特別是關乎國族認同的「歷史科」與「國文科」，更是焦點中的焦點。到了二〇一七年，由於新課綱擬調降國文課本的文言文比例，遂引爆「文白之爭」。

「反對文言文調降」與「支持文言文調降」兩個陣營，都有大量作家參與。其中，作家齊邦媛、白先勇、余光中、簡媜、司馬中原、朱天文、朱天心等作家，參與反對文言文調降的〈國語文是我們的屋宇：呼籲謹慎審議課綱〉連署。

這一份連署，強調延續中國文學經典的立場，批評新課綱對文言文的調降是「輕率的改動」，並認為這會使學生「語文程度低於國際水準」。此一立場，大致延續了較為保守、忽視本土文學的文壇主流意向。也因此，「文白之爭」有時被詮釋為「中文 vs 臺文」之爭。

值得注意的是，相較於日治時期與戒嚴時代，作家們的爭論往往被政治力斬斷，毫無抵抗之力；「文白之爭」反而是作家表達自己的政治意見，思考如何擘劃文學教育。這種由下而上、由文學影響政治的論爭，確實展現解嚴之後，臺灣民主化的成果。

◆不服

〈支持調降文言文比例，強化臺灣新文學教材——對本國語文教育改革的主張〉：若仍偏執於文言文教材，乃是守舊主義的依賴，更是在臺灣的殖民意識、不合時宜的中國結再現。

作為「支持調降文言文」的陣營，另一群作家發起〈支持調降文言文比例，強化臺灣新文學教材——對本國語文教育改革的主張〉的連署。支持這份連署的作家，包含鍾肇政、鄭清文、林亨泰、李魁賢、東方白、吳晟、向陽、宋澤萊等。

這份連署強調國文課本選錄的作品，應加強與本國現實、歷史的連結，因此不但支持調降文言文比例，也訴求加強臺語、客語的文學教育。

有趣的是，「本土」常常被社會主流視為陳舊、保守的符號，但在「文白之爭」中，卻搖身一變，訴求文學教育的現代化革新，以與訴求「延續中國文學經典」的文言文陣營相對。

這場論爭，最終以文言文比例調降作結。108課綱下的國文課本，因此成為戰後臺灣第一份「現代文學比例過半」的國文課本，與世界各國的標準更近一步。

從一九二〇年代，張我軍掀起「新舊文學論戰」，到二〇一七年的「文白之爭」，這兩場論戰象徵性地括住一百年來的臺灣文學諸論戰。「新舊文學論戰」催生以白話文為主的新文學，「文白之爭」則使以白話文為主的現代文學成為文學教育的主流，彰顯臺灣文學的發展與進步。

這一百年來，作家們思索文學跟現實、政治、歷史、美學的關係。正是無數執著於筆戰的作家，給予文學不斷向前衝刺的能量。

結語：異中求同，同中存異

「因為在乎，所以對話」。這是臺灣文學在論爭上的溫度，也是柔軟之處。雖然論戰時烽火連天、煙硝四溢，但無論如何，文學的吵架是異中求同、求同存異；互不勉強，也勉強不來。這是文人的戰地，也是文學的產地。因為不滿，所以提出意見；因為不服，所以提出反駁。一來一往之間，作品產出，思潮誕生，「吵架」原來饒富意義。

不服來戰——從一九二四年到二〇一七年，近百年的時間，文人在語言、鄉土、大眾、西化、身份認同等議題思辯，論出臺灣本土意識、爭出文學論述，成為我們的文化養份。揪心吵架，忍耐聆聽。來到更包容的真理，在文學的論戰場上，Agree to Disagree。

撰文者簡介（依文章順序）

林佩蓉

國立政治大學臺灣文學所博士，現為國立臺灣文學館研究典藏組組長。研究領域為臺灣日治時期至跨語世代知識分子思想系譜及其文學活動。長期梳理跨時代文學史、作家思想、文學創作，致力參與架設臺灣思想史的結構，呈現自臺灣文學主體而生的思想史及論述。

朱宥勳

清大臺文所碩士。現為專職作家，著有小說《湖上的鴨子都到哪裡去了》、《暗影》，文學評論《學校不敢教的小說》等。

楊傑銘

一九八二年生，曾任中興大學人文與社會科學研究中心博士後研究員，現為靜宜大學台灣文學系助理教授。專業領域為：日治時期台灣文學、中國現代文學、文學傳播、非虛構寫作。

鄭清鴻

師大臺灣語文學系碩士。現為前衛出版社主編、捍衛臺灣文史青年組合成員，曾任永和社區大學臺灣文學課程講師。學術興趣為臺灣文學本土論、文學史研究及本土語文議題。

盛浩偉

臺大臺文所碩士。現任衛城出版社主編、作家。碩士論文：《多重文脈下的在台日人漢文學：關口隆正及其書寫與時代》，散文集：《名為我之物》。

蔡明諺

清大中文所博士。現為成大臺文所副教授。著有《一九五〇年代台灣現代詩的淵源與發展》、〈從新批評到社會寫實：論七〇年代的顏元叔〉等。

詹閔旭

中興大學臺灣文學與跨國文化研究所助理教授。著有《認同與恥辱：華語語系脈絡下的當代臺灣文學生產》，譯作《搜尋的日光：楊牧的跨文化詩學》（與施俊州、曾珍珍合譯）。

蔡林縉

成大現文所碩士，現為美國加州大學洛杉磯分校亞洲語言文化系博士候選人。研究興趣包含臺灣現當代文學、電影研究、詩學等領域。目前專注華語語系、定居殖民主義的研究框架和臺灣文學與文化生產之間的關連。

廖玉蕙

東吳大學中文系博士，曾任國立臺北教育大學語文與創作學系教授。曾獲吳三連文學獎、中山文藝獎、吳魯芹散文獎、五四文藝獎章等。著有：《像蝴蝶一樣款款飛走以後》、《送給妹妹的彩虹》、《教授別急！——廖玉蕙幽默散文選》、《廖玉蕙精選集》、《像我這樣的老師》等作品。

附錄一：策展團隊

指導單位：文化部
主辦單位：國立臺灣文學館
展覽策劃：蘇碩斌、陳秋伶、羅聿倫
文字統籌：林佩蓉、朱宥勳
內容協力：陳靜、方子齊
科技互動裝置開發：鄧心瑀
展場設計製作：開物空間文創有限公司
文物保護：晉陽文化藝術

附錄二：展品概覽

新舊文學論戰

編號	縮圖	展品名稱	提供
a	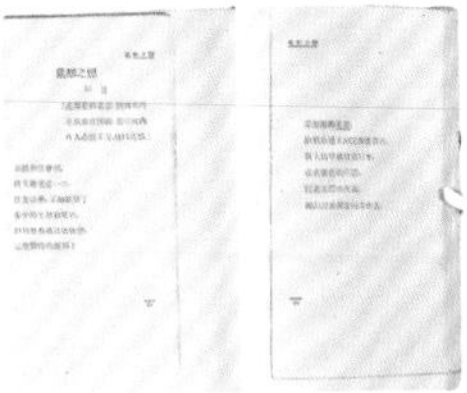	張我軍《亂都之戀》影本	龍瑛宗捐贈 國立臺灣文學館典藏
b	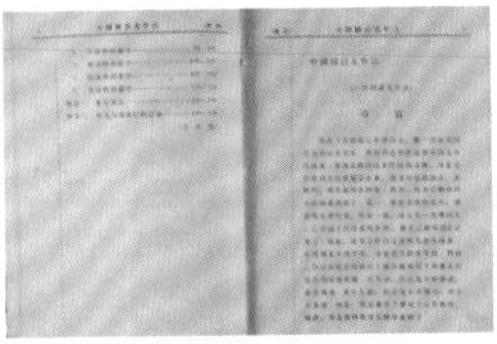	張我軍《國文自修講座》卷一	胡思書店捐贈 國立臺灣文學館典藏

<table>
<tr><th>編號</th><th>縮圖</th><th>展品名稱</th><th>提供</th></tr>
<tr><td>c</td><td>
</td><td>張我軍《國文自修講座》卷一</td><td>國立臺灣文學館典藏</td></tr>
<tr><td>d</td><td>
</td><td rowspan="2">《風月報》100 期、124 期</td><td rowspan="2">吳明月捐贈
國立臺灣文學館典藏</td></tr>
<tr><td>e</td><td>
</td></tr>
</table>

編號	縮圖	展品名稱	提供
f		《南方》166期	國立臺灣文學館典藏
g		黃得時〈「五四」對臺灣文學的影響〉	黃得時捐贈 國立臺灣文學館典藏
h			

編號	i	j	k
縮圖			
展品名稱	黃得時〈「五四」對臺灣文學的影響〉		「臺灣文藝聯盟本部」木匾
提供	黃得時捐贈 國立臺灣文學館典藏		張孫煜捐贈 國立臺灣文學館典藏

編號	縮圖	展品名稱	提供
a		鄭坤五〈臺灣國風〉，《臺灣藝苑》合訂本	國立臺灣文學館藏書
b		《三六九小報》476號	蘇信義捐贈 國立臺灣文學館典藏
c		《臺灣文藝》創刊號	黃得時捐贈 國立臺灣文學館典藏

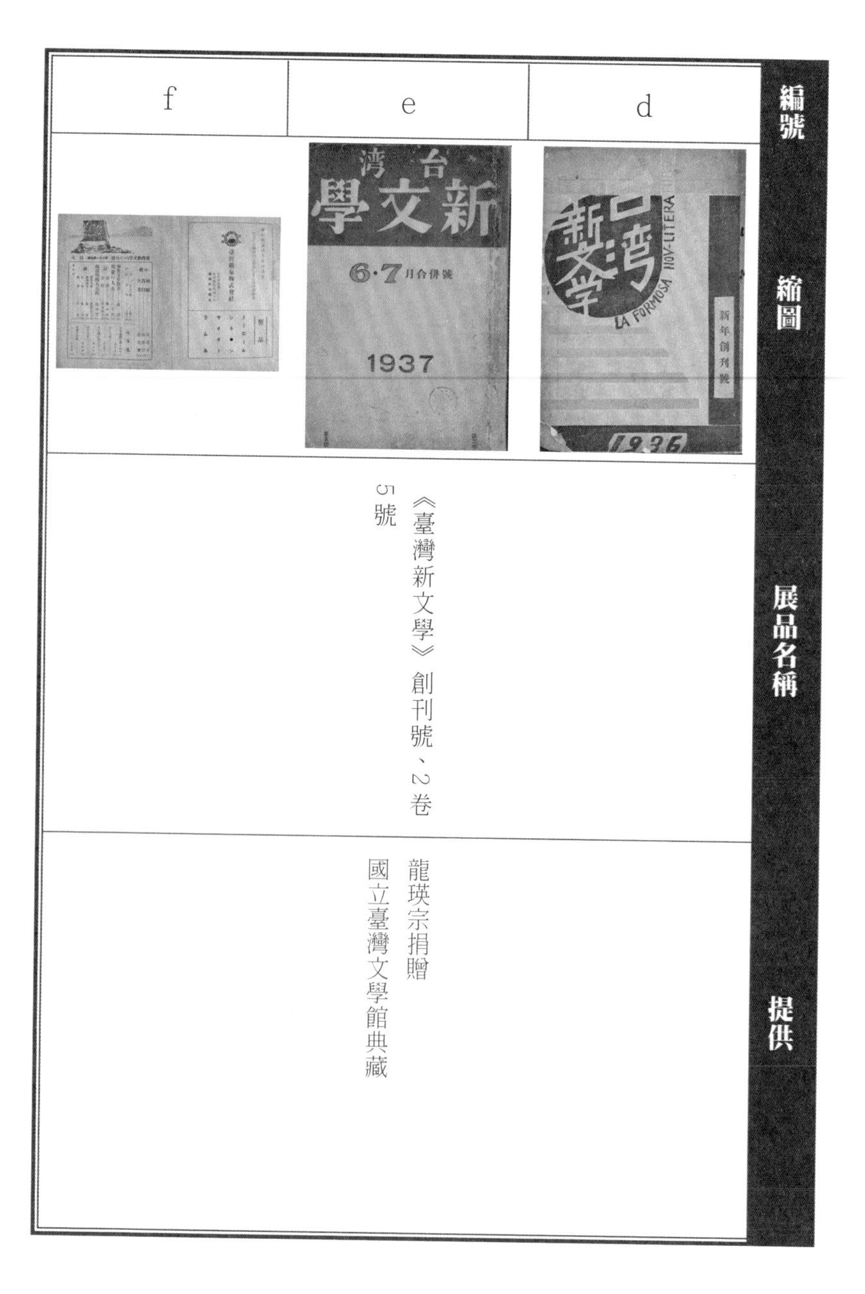

編號	d	e	f
縮圖			
展品名稱		《臺灣新文學》創刊號、2卷5號	
提供		龍瑛宗捐贈 國立臺灣文學館典藏	

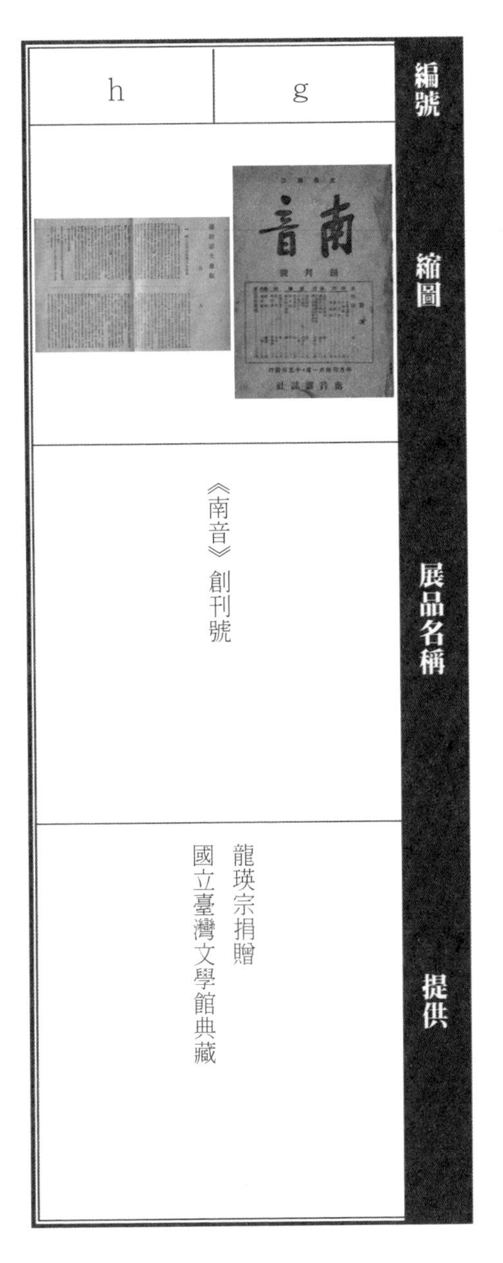

編號	縮圖	展品名稱	提供
g、h		《南音》創刊號	龍瑛宗捐贈 國立臺灣文學館典藏

糞寫實主義論戰

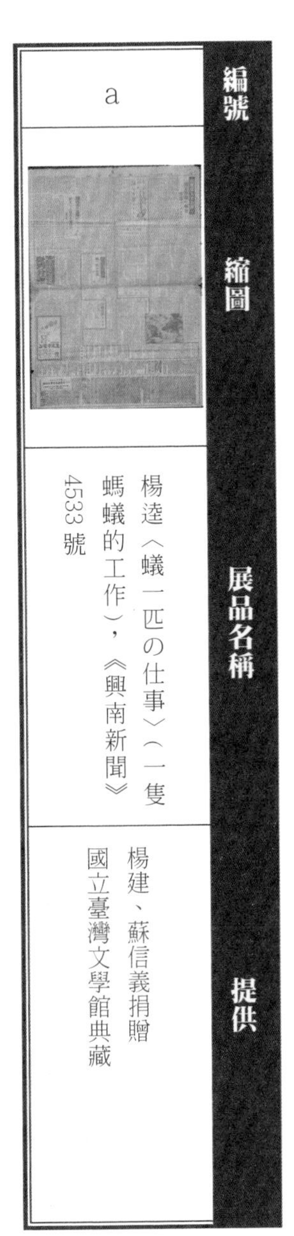

編號	縮圖	展品名稱	提供
a		楊逵〈蟻一匹の仕事〉（一隻螞蟻的工作），《興南新聞》4533號	楊建、蘇信義捐贈 國立臺灣文學館典藏

編號	縮圖	展品名稱	提供
b		《文藝臺灣》6卷1號、6卷3號	黃得時、趙天儀捐贈 國立臺灣文學館典藏
c			
d	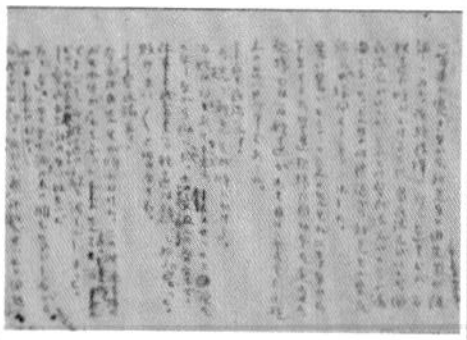	楊逵〈田植競爭〉	楊建捐贈 國立臺灣文學館典藏

編號	縮圖	展品名稱	提供
e		《臺灣新文學》1卷2號、1卷6號	趙天儀捐贈 國立臺灣文學館典藏
f			

橋副刊論戰

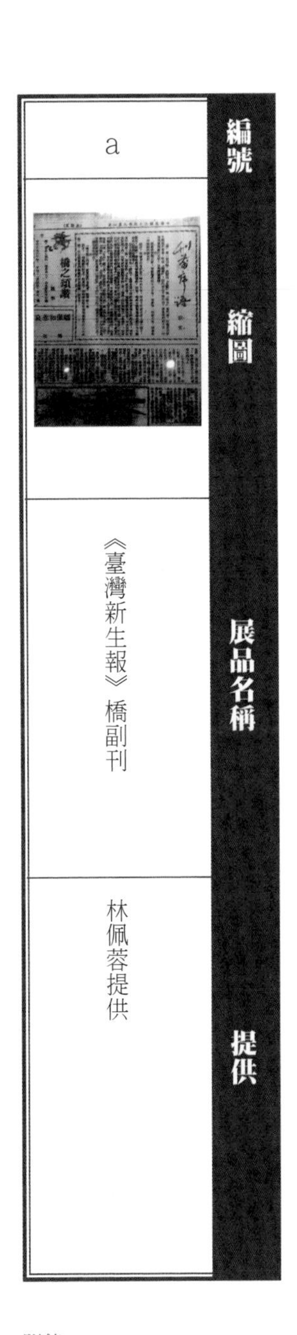

編號	縮圖	展品名稱	提供
a		《臺灣新生報》橋副刊	林佩蓉提供

編號	a	b	c
縮圖			
展品名稱	《現代詩》第13期		《創世紀》詩刊7期
提供	趙天儀捐贈 國立臺灣文學館典藏		趙天儀捐贈 國立臺灣文學館典藏

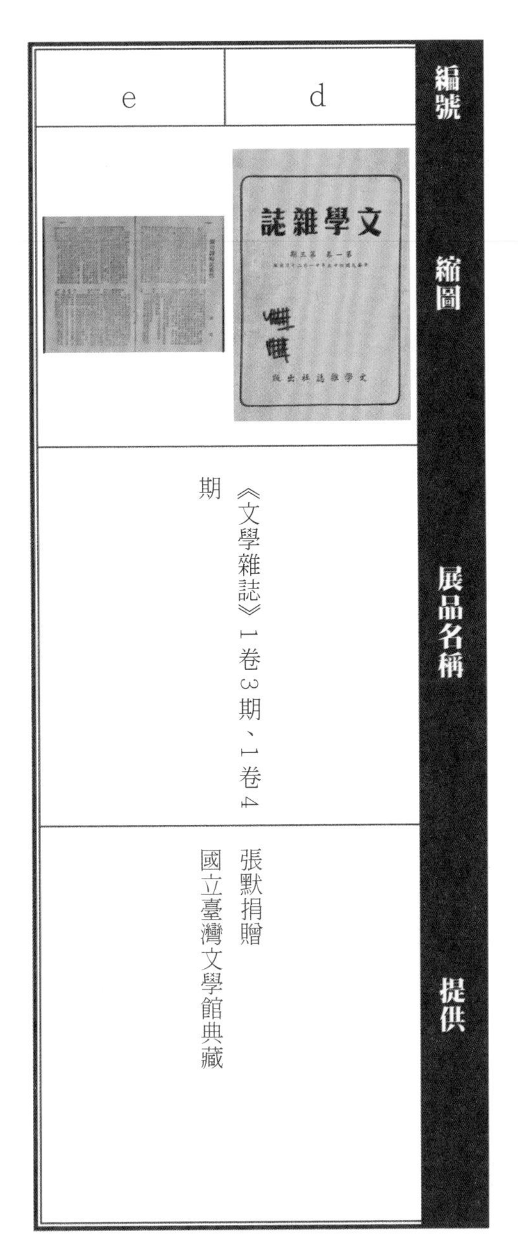

編號	d	e
縮圖		
展品名稱	《文學雜誌》1卷3期、1卷4期	
提供	張默捐贈 國立臺灣文學館典藏	

關唐事件

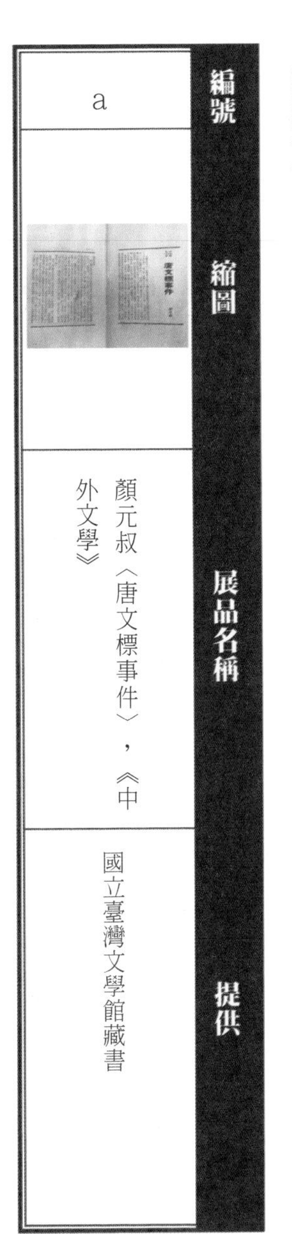

編號	a
縮圖	
展品名稱	顏元叔〈唐文標事件〉，《中外文學》
提供	國立臺灣文學館藏書

編號	縮圖	展品名稱	提供
b		《龍族》創刊號	張德中捐贈 國立臺灣文學館典藏
c			

鄉土文學論戰

編號	縮圖	展品名稱	提供
a	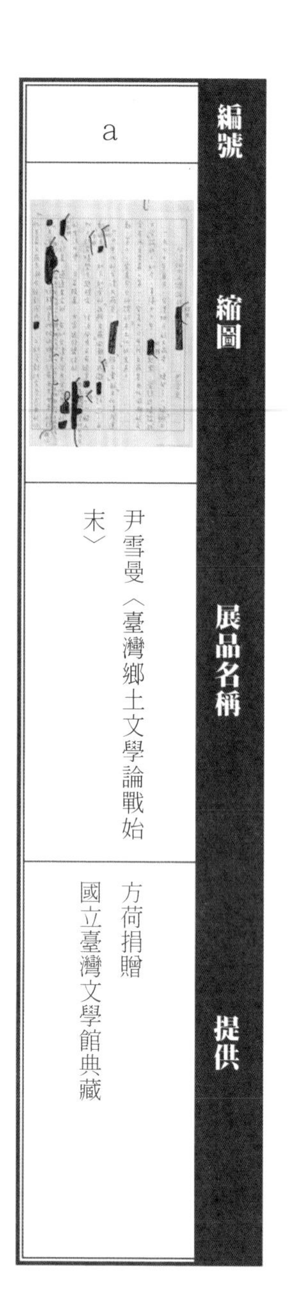	尹雪曼〈臺灣鄉土文學論戰始末〉	方荷捐贈 國立臺灣文學館典藏

編號	縮圖	展品名稱	提供
b	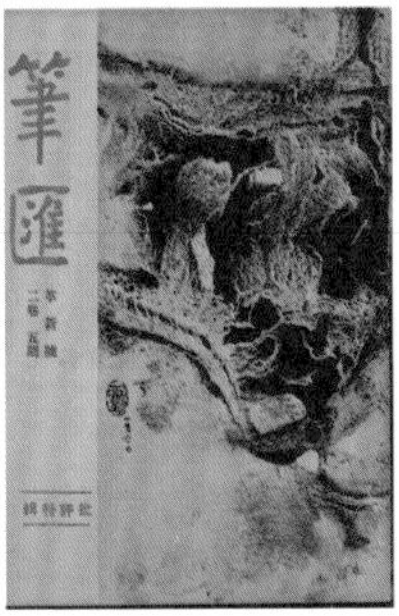	《筆匯月刊》2卷5期（革新號）	李魁賢捐贈 國立臺灣文學館典藏
c		《仙人掌雜誌》第2卷6號	林金泙家屬捐贈 國立臺灣文學館典藏
d		《臺灣文藝》105期	財團法人臺北市巫永福文化基金會捐贈 國立臺灣文學館典藏

編號	縮圖	展品名稱	提供
e		葉石濤〈臺灣鄉土文學史導論〉，《夏潮》14期	國立臺灣文學館藏書
f		《台灣新文學》1997秋冬季號（9）、1998春夏季號（10）	李魁賢捐贈 國立臺灣文學館典藏
g			

編號	縮圖	展品名稱	提供
a		宏志〈兩種文學心靈：評兩篇聯合報小說得獎作品〉，《書評書目》第93期	林瑞明捐贈 國立臺灣文學館典藏
b		宋澤萊〈文學十日談〉，《臺灣文藝》革新號第20期	國立臺灣文學館藏書

附錄三：延伸閱讀推薦

新舊文學論戰

翁聖峰《日據時期臺灣新舊文學論爭新探》，五南，2007
黃美娥《重層現代性鏡像：日治時代臺灣傳統文人的文化現域與文學想像》，麥田，2000
陳淑容《「曙光」初現：臺灣新文學的萌芽時期（1920-1930）》，國立臺灣文學館，2012

臺灣話文論戰

趙勳達《狂飆時刻：日治時代臺灣新文學的高峰期(1930～1937)》，國立臺灣文學館，2011
陳淑容《一九三〇年代鄉土文學：臺灣話文論爭及其餘波》，臺南市立圖書館，2004
中島利郎編《1930年代臺灣鄉土文學論戰資料彙編》，春暉，2003

糞寫實主義論戰

李文卿《想像帝國：戰爭時期的臺灣新文學》，國立臺灣文學館，2012
井手勇《決戰時期的臺灣的日人作家與「皇民文學」》，臺南市立圖書館，2001
阮斐娜著，吳佩珍譯《帝國的太陽下：日本的臺灣及南方殖民地文學》，麥田，2010
曾健民編《噤啞的論爭》，人間出版社，1999年（「文獻」部分）

橋副刊論戰

徐秀慧《光復變奏：戰後初期臺灣文學思潮的轉折期（1945-1949）》，國立臺灣文學館，2013
曾健民編《噤啞的論爭》，人間出版社，1999年（「特集」部分）

一九五〇年代新詩論戰

陳政彥《跨越時代的青春之歌：臺灣五、六〇年代現代詩運動》，國立臺灣文學館，2012
楊宗翰《臺灣現代詩史－批判的閱讀》，巨流，2002

一九七二現代詩論戰

蔡明諺《燃燒的年代：七〇年代臺灣文學論爭史略》，國立臺灣文學館，2012

陳瀅州，〈七〇年代以降現代詩論戰之話語運作〉，成功大學臺灣文學系碩士論文，2006

鄉土文學論戰

戴華萱《鄉土的回歸：六、七〇年代臺灣文學走向》，國立臺灣文學館，2012

王智明等編《回望現實．凝視人間：鄉土文學論戰四十年選集》，聯合文學，2019

蕭阿勤《回歸現實：臺灣1970年代的戰後世代與文化政治變遷》，中研院，2010

邊疆文學論戰

黃文成《黑暗之光：美麗島事件至解嚴前的臺灣文學》，國立臺灣文學館，2012

蕭阿勤《重構臺灣：當代民族主義的文化政治》，聯經，2012

陳映真、陳芳明論戰

陳芳明《臺灣新文學史》，聯經，2011
邱貴芬《後殖民及其外》，麥田，2003

臺語文學論戰

廖瑞銘《舌尖與筆尖：臺灣母語文學的發展》，國立臺灣文學館，2013
方耀乾《臺語文學史暨書目彙編》，臺灣文薈，2012
林央敏《臺語小說史及作品總評》，印刻，2012

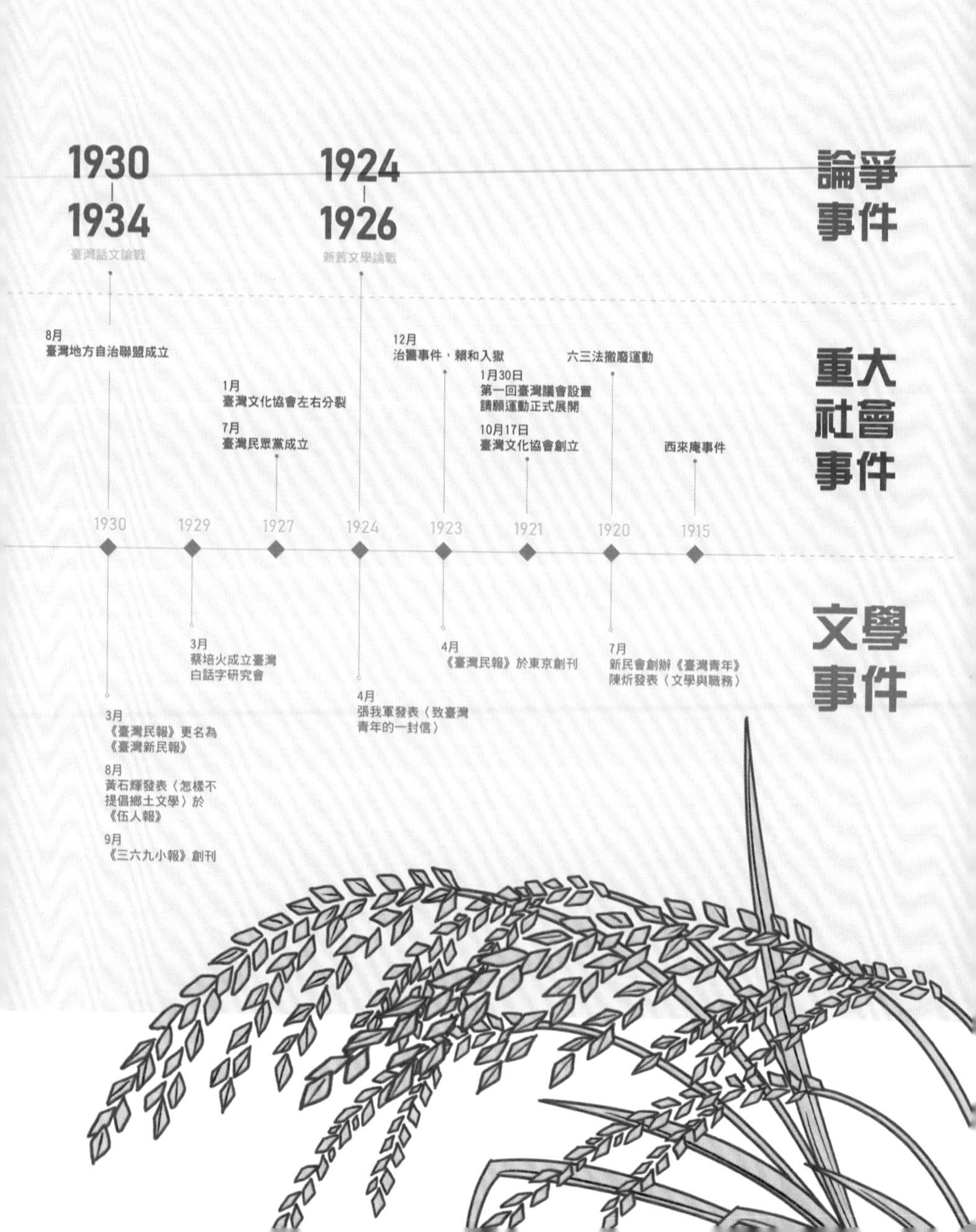

論爭事件
1930
1934
臺灣話文論戰
1924
1926
新舊文學論戰
重大社會事件
8月
臺灣地方自治聯盟成立
1月
臺灣文化協會左右分裂
7月
臺灣民眾黨成立
12月
治警事件，賴和入獄
1月30日
第一回臺灣議會設置
請願運動正式展開
10月17日
臺灣文化協會創立
六三法撤廢運動
西來庵事件
1930
1929
1927
1924
1923
1921
1920
1915
文學事件
3月
《臺灣民報》更名為
《臺灣新民報》
8月
黃石輝發表〈怎樣不
提倡鄉土文學〉於
《伍人報》
9月
《三六九小報》創刊
3月
蔡培火成立臺灣
白話字研究會
4月
張我軍發表〈致臺灣
青年的一封信〉
4月
《臺灣民報》於東京創刊
7月
新民會創辦《臺灣青年》
陳炘發表〈文學與職務〉

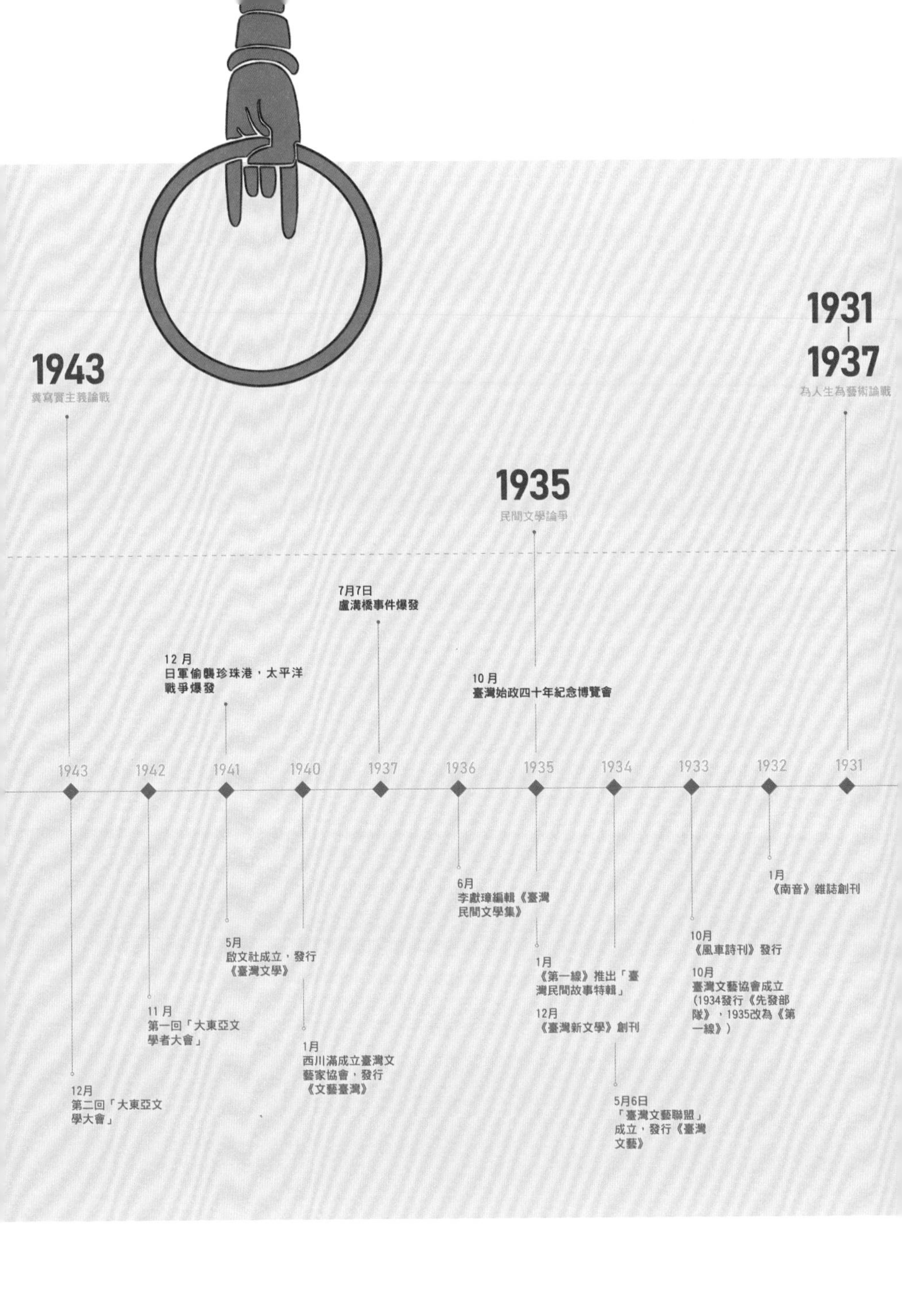
1943
糞寫實主義論戰
1935
民間文學論爭
1931
1937
為人生為藝術論戰
7月7日
盧溝橋事件爆發
12 月
日軍偷襲珍珠港，太平洋
戰爭爆發
10 月
臺灣始政四十年紀念博覽會
1943
1942
1941
1940
1937
1936
1935
1934
1933
1932
1931
6月
李獻璋編輯《臺灣
民間文學集》
1月
《南音》雜誌創刊
5月
啟文社成立，發行
《臺灣文學》
10月
《風車詩刊》發行
1月
《第一線》推出「臺
灣民間故事特輯」
10月
臺灣文藝協會成立
(1934發行《先發部
隊》，1935改為《第
一線》)
11 月
第一回「大東亞文
學者大會」
12月
《臺灣新文學》創刊
1月
西川滿成立臺灣文
藝家協會，發行
《文藝臺灣》
12月
第二回「大東亞文
學大會」
5月6日
「臺灣文藝聯盟」
成立，發行《臺灣
文藝》

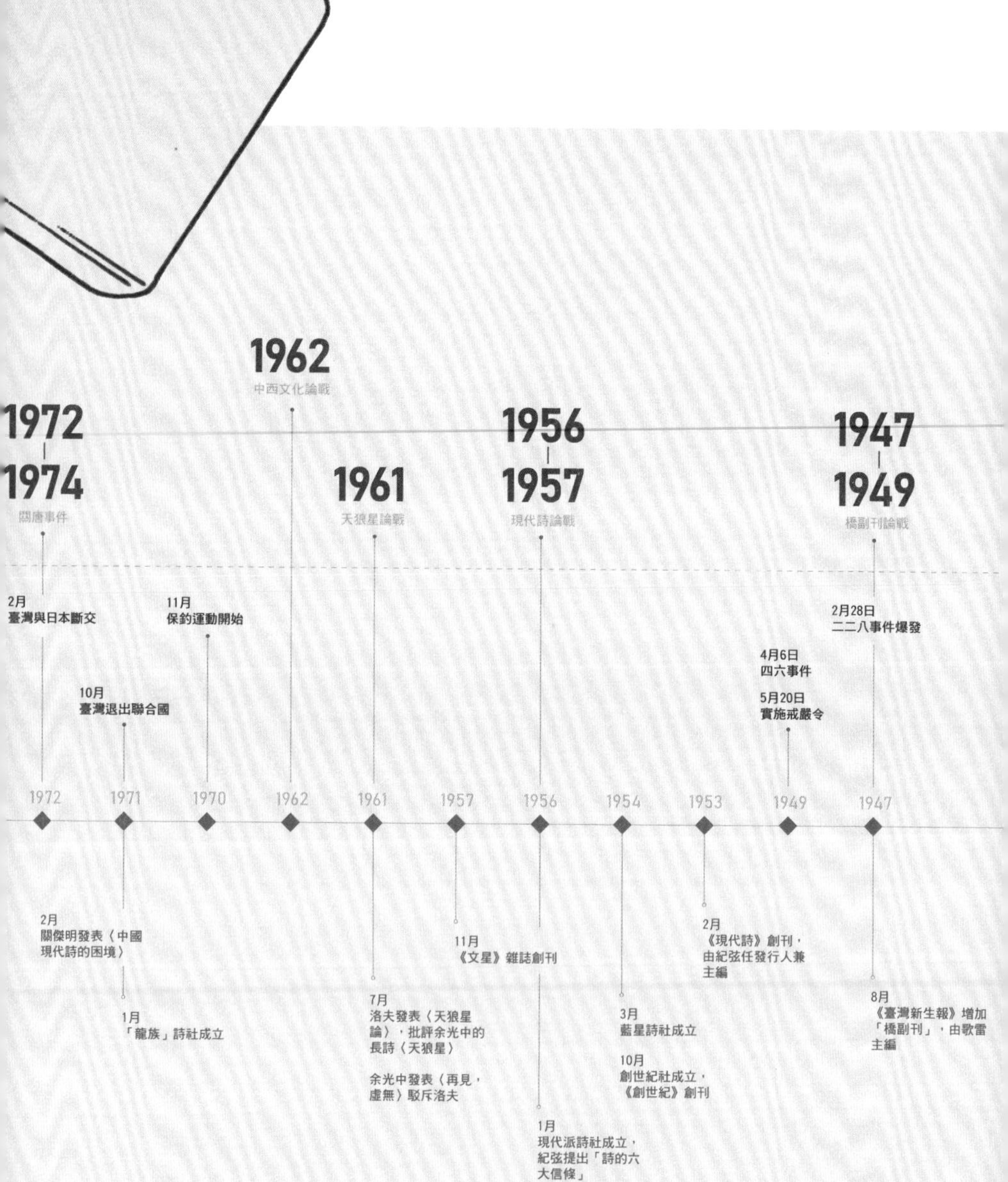
1972
1974
闗唐事件
1962
中西文化論戰
1961
天狼星論戰
1956
1957
現代詩論戰
1947
1949
橋副刊論戰
2月
臺灣與日本斷交
11月
保釣運動開始
10月
臺灣退出聯合國
2月28日
二二八事件爆發
4月6日
四六事件
5月20日
實施戒嚴令
1972
1971
1970
1962
1961
1957
1956
1954
1953
1949
1947
2月
關傑明發表〈中國現代詩的困境〉
1月
「龍族」詩社成立
7月
洛夫發表〈天狼星論〉，批評余光中的長詩〈天狼星〉
余光中發表〈再見，虛無〉駁斥洛夫
11月
《文星》雜誌創刊
1月
現代派詩社成立，紀弦提出「詩的六大信條」
9月
《文學雜誌》創刊，由夏濟安主編
3月
藍星詩社成立
10月
創世紀社成立，《創世紀》創刊
2月
《現代詩》創刊，由紀弦任發行人兼主編
8月
《臺灣新生報》增加「橋副刊」，由歌雷主編

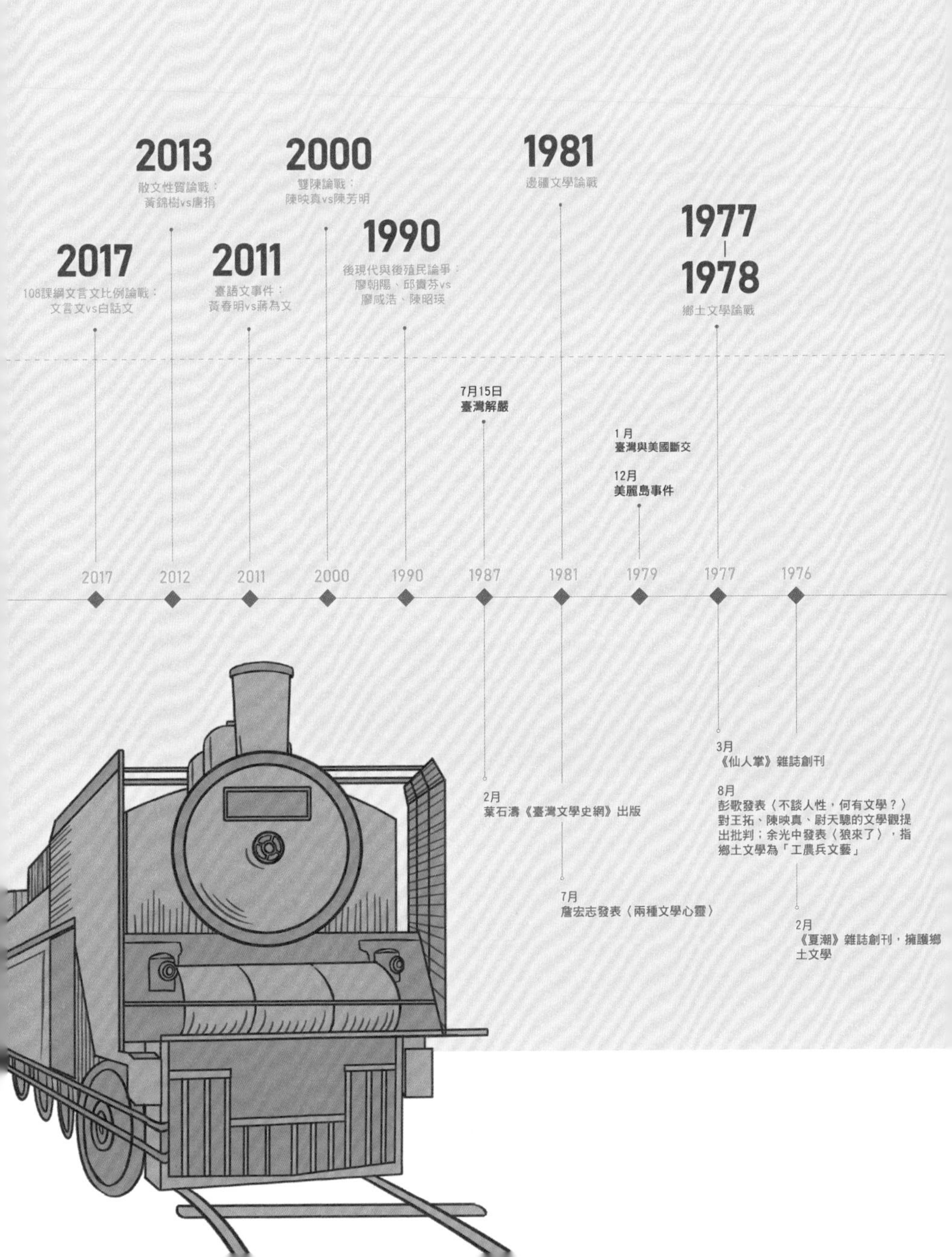
2013
散文性質論戰：
黃錦樹vs唐捐
2000
雙陳論戰：
陳映真vs陳芳明
1981
邊疆文學論戰
2017
108課綱文言文比例論戰：
文言文vs白話文
2011
臺語文事件：
黃春明vs蔣為文
1990
後現代與後殖民論爭：
廖朝陽、邱貴芬vs
廖咸浩、陳昭瑛
1977
|
1978
鄉土文學論戰
7月15日
臺灣解嚴
1月
臺灣與美國斷交
12月
美麗島事件
2017
2012
2011
2000
1990
1987
1981
1979
1977
1976
3月
《仙人掌》雜誌創刊
8月
彭歌發表〈不談人性，何有文學？〉對王拓、陳映真、尉天驄的文學觀提出批判；余光中發表〈狼來了〉，指鄉土文學為「工農兵文藝」
2月
葉石濤《臺灣文學史綱》出版
7月
詹宏志發表〈兩種文學心靈〉
2月
《夏潮》雜誌創刊，擁護鄉土文學

國家圖書館出版品預行編目 (CIP) 資料

不服來戰—憤青作家百年筆戰實錄 / 蘇碩斌等編 .-- 初版 .-- 臺北市：奇異果文創 ,2020.12
196 面 ;14.8 x 21 公分
ISBN / 978-986-99158-8-5(平裝)

1. 台灣文學史 2. 文學評論

863.2 109020373

不服來戰—憤青作家百年筆戰實錄
主　編：蘇碩斌、林佩蓉、朱宥勳、羅聿倫
企　劃：國立臺灣文學館
撰　文：楊傑銘、鄭清鴻、朱宥勳、盛浩偉、蔡明諺、詹閔旭、蔡林縉、廖玉蕙（依文章順序）
統　籌：羅聿倫
校　對：羅聿倫、曾于容

臺文館 NMTL

執行編輯：錢怡廷
封面設計：Kansan
內頁設計：黃薇宣

發行人兼總編輯：廖之韻
創意總監：劉定綱

法律顧問：林傳哲律師 / 昱昌律師事務所

出　版：奇異果文創事業有限公司
地　址：臺北市大安區羅斯福路三段 193 號 7 樓
電　話：(02)23684068
傳　真：(02)23685303
網　址：https://www.facebook.com/kiwifruitstudio
電子信箱：yun2305@ms61.hinet.net

總 經 銷：紅螞蟻圖書有限公司
地　址：臺北市內湖區舊宗路二段 121 巷 19 號
電　話：(02)27953656
傳　真：(02)27954100
網　址：http://www.e-redant.com

印　刷：永光彩色印刷股份有限公司
地　址：新北市中和區建三路 9 號
電　話：(02)22237072

初版：2020 年 12 月 20 日
ISBN：978-986-99158-8-5 (平裝)
定價：新臺幣 310 元整